中 国 记 者 足 迹

驻在美国

A Chinese Journalist's Observations in America

著

人民教育出版社
·北京·

图书在版编目（CIP）数据

驻在美国/蒋旭峰著.—北京：人民教育出版社，
2012.12
（中国记者足迹）
ISBN 978-7-107-25422-2

Ⅰ.①驻… Ⅱ.①蒋… Ⅲ.①纪实文学—中国—当代
Ⅳ.①I25

中国版本图书馆 CIP 数据核字 (2012) 第 303025 号

驻在美国
ZHU ZAI MEIGUO

蒋旭峰　著

责任编辑：张华娟
美术编辑：房海莹
装帧设计：奇文云海·设计顾问

人民教育出版社 出版发行
北京天宇星印刷厂印装
全国新华书店经销
2012年12月第1版　2013年5月第2次印刷
开本：787毫米×1 092毫米　1/16　印张：15
字数：170千字　印数：5 001 — 8 000册
定价：38.60元

目 录

Contents

目　录

C o n t e n t s

推荐序

认识旭峰是通过阅读他翻译的《追逐日光》。由于之前认识该书的作者，又读过原著，读译作时发现旭峰的译文贴切、准确，并具有与原文同样的感染力。他将作者的心路历程生动地传达给了中文版的读者。在那之后，又陆续读过他翻译的一些作品，也见过他发表在报端上的一些文章，一直以为他是一位有着丰富阅历的职业译者。直到2008年见到他，才知他翻译《追逐日光》时，尚在大学念书。当时颇为佩服他对人物的理解和对语言的把握。

2010年夏，旭峰作为新华社派出记者，前往华盛顿。2012年初，我们在华盛顿见面时，聊到许多他在美的所见所闻，钦佩他观察力的同时，强烈建议他能将这些事情写出来，那样将使更多的人对美国多一些了解。当旭峰把这本书稿送给我时，我欣喜地看到他没有止于看到、听到、知道，随后将这些故事收于记忆的仓库，而是把他眼中的美国变成生动的文字，与我们分享。

《驻在美国》以写实的方式，通过生活中无时不在的一些事情和现象，介绍了美国人的观念、习俗和生活方式，涉及到美国的政治、法律、经济、文化和历史。本书是由若干的小文章组成，每篇文章起于一件小事或一个普通的事件，之后旭峰夹叙夹议，当你扫过行行文字时，如同观赏一帧帧照片，真切地看到鲜活的美国众生相。两年多的时间，使旭峰有机会广泛接触美国的人和事，甚至某些人和事就是他生活的一部分；记者的职业，使他对人物和事务不会满足于浮光掠影的粗浅了解，或者以自我的思维去解释演绎。旭峰对书中提到的表象，进行过许多深层次的探索访查，因此他能够客观地描述这些事件或现象形成的原因、作用及影响。本书对美国的解读，从日常小事着眼，生动、真实、易读，更好地帮助我们了解真实的美国，喜欢也好、不喜欢也罢。

　　旭峰书中的一篇文章提到"汽车是美国人风格的延伸"，那么这本书可以说是旭峰风格的延伸：细腻精准的观察力、清爽隽秀的江南文笔、深刻入木的真实描述。当我读完这本书的最后一页时，眼前、脑中出现的是一幅描绘西洋风景的中式水墨画。

汪建熙
（中国投资有限责任公司副总经理）

前言

　　美国人都很有钱，美国人都爱喝咖啡，美国人都爱自己的三权分立政治机制，美国人都在无忧无虑地生活……这一串串中国人心目中的美国标签与事实出入极大。有中国游客会把颜色都是白色的国会大楼和白宫弄混，有中国人根本没听说过美式"旋转门"等重要政治生态现象，有中国朋友在美国自驾出行时因为把车停进残疾人专用车位而吃了高额罚单，这些都说明很多中国人对美国的大事小情尚有盲区。

　　美国是全球工业化国家中人均医疗成本最高的国家，美国是全球工业化国家中因枪杀致死最严重的国家，美国是我走访过的发达国家中最容易交朋友的国度，美国算是全球工业化国家中创新能力最强的国家，美国恐怕是全球价值实现方式最多元的国度，美国的国会参议院算是发达国家的议会中最有权势的上院，当今的美国是一个被强势利益团体绑架的"公司王国"，美国人算是世上最不把吃饭当回事的群体，美国人也算是世上对公益事业最热心的群体……我在美国生活、工作数年后，这些真实的美国政治、经济、社会符号逐渐在心中变得清晰，原有的误读也在逐渐校正。K街、游说团体、阿米绪人等原先不曾留意到的政治、经济、文化变量也逐渐进入我的视野。

　　驻外工作数年让我感到幸运，因为这使得近距离观察美国成为现实。在盯着国际货币基金组织、世界银行、白宫、国会、美联储等机构新闻的过程中，也是和世界上最聪明的经济学家、最敬业的记者、最有思想的学者交往的几年。我有幸与美联储在世的三位前任和现任主席保罗·沃尔克、艾伦·格林斯潘、本·伯南克在不同场合有过或短或长的交流，有过公开采访前世界银行行长佐利克等知名人物的经历，也在谈话内容不公开场合下与国际货币基金组织总裁拉加德等全球财经弄潮儿进行过交流，还有聆听约瑟夫·斯蒂格利茨、罗伯特·索洛等多位诺贝尔经济学奖获得者教诲的机会。穿着笔挺的西服与各行业的专家交谈是我的本职工作，穿着牛仔裤与街头流浪汉、餐馆服务生、农民交谈也是我的重要信息获取渠道。在美国的工作经历也是我发现自身差距并不断充电的时光，全球知名新闻机构的同行不仅职业精神让人敬重，学习和应变能力更是超越同侪。要跟上全球最优秀思想家的说话节奏，我坚持不懈地增加自己的"阅历"——"阅"就是早起晚睡来阅读各类书刊和研究报告，"历"就是不断地行走、观察和交友。赶往华府各大智库参加新书发布会是我在美国得到的最佳智力奖赏，读完专家著作并找他们签名是我的癖好，美国经济学达人们左手签名的比例高于其他人群是我在这一过程中发现的"美国新大陆"。

世界若无旁观者，显然就会失去精彩。美国人和中国人都说，细节决定成败。不放过细节成为我观察人生的起点，我乐做美国经管大师德鲁克名著《旁观者》里剧院消防员式的旁观者。奥巴马去餐馆喜欢点什么菜，美国前财长保尔森手上佩戴什么电子表，美国人的用餐、饮酒习惯有无随着经济脉搏而变化,华府的地铁车厢为何从八节减至六节,这些似小非小的细节都在塑造我的观察力,细节之下往往隐藏着重要的讯息,农舍、博物馆、体育馆都可以成为我观察美国的坐标。逢人就提问,一张口就是一串问题,这是我留给很多人的印象,有时会把人问得焦躁,有时会让人话匣大开,但我每次都会受益匪浅。我用"您曾说过,哈佛让我学会了政治,华府让我学会了经济,您现在要从白宫卸任了,还这么看吗"的尖锐问题,把美国前财长萨默斯问得语噎;也用"您在这餐厅工作这么多年,发现来用餐的中国人有何典型的群体特征"与夏威夷一家酒店的厨师攀谈甚久。图书馆、书店、咖啡店是我的最爱,思绪徜徉在历史和现实之间总让我醉心;无法读完满架的旧书新著是当代人奢侈的烦恼,思考建国之父理想中的美国和现实美国的距离会让我感慨万千;就着咖啡香,听着周边美国人的英文交谈,看着美国人的行为模式,想着自己电脑屏幕上的宋体汉字该如何走笔,着实是生活的莫大赏赐。

我要感谢中国投资有限责任公司副总经理汪建熙先生在百忙中拨冗为本书作序。感谢人民教育出版社的张华娟老师策划了"中国记者足迹"选题并约稿,感谢郑康平、陆锡钦等老师以及新华社同事刘敏对本书提出的修改建议和帮助。感谢J.维克·芬德伯克(J.Vic Funderburk)和朱迪·芬德伯克(Judy Funderburk)等美国好友在多处文化背景上帮助解疑释惑。感谢《经济参考报》曾发表过本书中的部分文章。我亦要感谢爱人刘佳的协助，夫妻之间最美好的状态并不一定是看着对方，而是朝一个方向看，我俩的足迹遍及欧美亚等大陆，我在向人发问时，用镜头语言记录生活的经常是她。

美国地大物博，各个地区的风土人情差异极大。我虽然足迹到过美国东西南北，但是并未到访过美国的每一个州，我的精力有限，阅读面有限，接触面、理解力也有限，书中选用的部分照片也是抓拍所得，本书的错谬和不足之处难免。不过，有一点是毫无疑问的，21世纪应是中国和美国的世纪，中美两国人更好地了解对方极具时代重要性，中国人需要更懂美国，美国人也需要更懂中国。帮助更多中国人了解真实的美国，其实是一件很有意义的工程，也需要很多人为之付出努力。观察生活是会上瘾的，观察美国已经成为我的生活现在时，我对美国的理解也在不断校正和纠偏之中，我愿意将更多观察美国的心得体会与读者分享。

01

第一章

美国文化密码

跑车、女人和狗

初到美国的朋友常和我谈起一个与中国迥然不同的见闻：在美国这个汽车王国，路上开敞篷跑车的竟然是老人居多，而非像国内那样，年轻人是主力军。

友人的观察有偏差之虞，因为无论是在迈阿密这样的海滨旅游城市，抑或在华盛顿等大都市，你都会见到很多年轻人在开跑车兜风。但是，与国内相比，美国开跑车的老年人比重确实很高，这一差别彰显了中美两国民众在理财观、审美观、民众对待车的心理成熟度等方面存在着深刻差异。

美国人常用的一个词叫"梦想之车"（dream car），很多美国人买车并非一步到位，目前的车可能只是当前经济条件允许下的代步工具，一个美国人一生中更换四五辆车是稀松平常之事。与中国孩子相比，美国家庭的经济"断奶期"较早，美国孩子到了高中毕业之后就自立门户的情况相当普遍，如果继续"啃老"，连你身边的朋友都会看不起你。我有美国朋友的第一辆车只是用打工挣的 5 000 美元买的二手皮卡。不是美国很多年轻人不想开跑车，而是经济能力不允许，无法像很多中国的"富二代"一样能拥有父母慷慨赠予的豪华座驾。

经典美剧《成长的烦恼》（Growing Pains）中有一段写实剧情：长子迈克·西弗（Mike Seaver）成年后还到父母家中的冰箱里找东西吃，被父亲一顿羞辱，想要和他算钱，母亲觉得父亲做得太过苛刻，从而引

美国公路上开跑车的老人

美国街头开跑车的老人

发夫妻"打嘴架"。这充分表明，与大多数中国父母相比，有更多美国父母在孩子弱冠之年已经切断了与其的经济纽带，指望美国父母给孩子买跑车往往是不切实际的奢望。

这样的情况在普通的美国小康之家存在，在很多富豪家中也照样存在。"股神"沃伦·巴菲特（Warren Buffett）的女儿苏珊回忆自己在拿到驾照后，并没有得到腰缠万贯的父亲赠车，而是借父亲的林肯车出去兜风，结果不小心撞到了另一辆车上，把父亲的爱车撞出一个坑，因为担心吝啬的父亲会责骂她，苏珊当天是哭着回家向父亲赔罪的。

为了帮友人解惑，我提醒他们可以留意美国女人爱牵什么狗。透过这个看似风马牛不相及的视角，其实能够察见端倪。狗如其主，一个国家的女人爱牵什么狗，其实在不经意间透露出该国女性在历史沉淀之后的审美观，这会影响她们自己的择车观；在一定程度上，"男人味"也

弗吉尼亚州一处酒庄草地上的美国女人和她的大狗

2012年华盛顿风筝节上抚摸大狗的美国女人

是"红花"所中意的"绿叶"感，因此女性的审美观会不自觉地影响到整个国家对车等用品的取向。牵着萨摩耶、水猎等中大型犬遛弯的美国女性随处可见，而不是像很多中国太太们怀抱着毛发被精心修饰的"贵妇"等小型犬过马路，造成这种现象的除了美国人的平均居住条件相对宽敞，更是性格使然。了解这一点，你对美国马路上很多女性驾乘SUV就不足为奇了，很多美国男性中青年把大马力的福特野马（Mustang）跑车作为"梦想之车"也就容易理解了。

在作家丹·布朗（Dan Brown）2001 年出版的小说《骗局》（*Deception Point*）中，有这样一段将美国女性眼中的"男人味"体现得淋漓尽致的描述：美国总统在空军一号飞机上与竞选对手的女儿、白宫情报分析员蕾切尔·塞克斯顿（Rachel Sexton）见面时，总统穿着短袖运动衫、蓝色牛仔裤和越野靴；蕾切尔问总统这身打扮是否要外出登山，总统答说，竞选顾问建言，这样打扮能赢得更多美国女性选票。之前对总统还怀有警戒心的蕾切尔放松了戒备，坦称他这身装扮真够男人味。

必须要承认，汽车王国的民众对汽车的心态比很多中国人更成熟。中国家庭开始与车有亲密接触，是从这一两代人开始的故事。美国若以飞入寻常人家的福特T型车面世的1908年算起，与车结缘则有上百年了。车与中国的城镇化进程和民众的经济条件改善相伴而行，中国人提及好车，首先想到的可能是"贵"的车，"开宝马、坐奔驰"是百姓常挂在嘴边的说法。有人显摆价格上百万的名车，有人打开汽车后备箱有意无意地露出价格数万元的高尔夫球具，是这个时代带点"钱味"的中

1

2

3

1 美国街头牵着大狗的女人

2 美国街头的女人们和大狗们"交谈甚欢"

3 弗吉尼亚州一处酒庄草地
上的美国女人和她的大狗

国城镇化烙印。国产电影《我愿意》中的王洋让前女友开上他的"好"车奥迪SUV，好在谈业务时显得更体面，对于此类台词中国人并不陌生。心为形役，尘世牛马。中国人因为好面子而在买车上累心的故事何其多也。

"人靠衣装马靠鞍"这句中国俗语体现了车是财富的延伸体，在美国这个历史负担较少的新移民和后工业化国家，很多人喜欢的车往往是个性的延伸体，或者仅是一个代步工具而已，大家性格迥异，通勤远近距离不同，钟情的车自然也不尽相同，而不会像中国人提及好车，必然是固定的某几个品牌的某几款车而已。故而，在美国的豪宅门口见到主人破旧的两厢车，丝毫不用感到奇怪，但这种情况若是发生在中国，就会有人投来异样的目光，或是觉得你在装寒酸。通用汽车公司负责全球设计事务的副总裁爱德华·韦尔伯恩（Edward Welburn）算得上全球选车自由度最大的人士之一，在2011年华盛顿汽车展期间，当我问及他中意哪款座驾时，他说自己喜欢红色的雪佛兰科迈罗（Camaro）车，理由很简单，因为这款车和热烈的红色是他本人性格的完美延伸。

我2010年采访时任世行行长的佐利克结束时，佐利克问我和同事是如何到达世行的。因为人多、设备多，我们自然是开车前往世行，我也如实告知。但是，佐利克这位心系环保的人士却用"中国人基本都这样"来应答。看来，中国人对待车的心态不够成熟，已经给一些美国人留下成见。

除了接触车的时间比中国人长久之外，接触车的机会比中国人更多，也是美国人对待汽车心态成熟的重要原因。在中国，谈起自驾游，大多数人想到的是开上自家的车，在几百公里的半径范围内旅游。在租车文化兴盛的美国，民众则经常搭乘飞机去别的城市，然后在陌生的城市租车远足。一个美国人一辈子可能租过几十次车，租各种敞篷跑车兜风，满足了自己的心理效用，就不见得非要买敞篷跑车停在自家后院了。我算了这样一笔账，以2012年7月初在美国加州洛杉矶市国际机场Budget租车公司的价格为例，租一周的三厢轿车基本费用需要大约200美元，而租一辆敞篷跑车的基本费用也就不到490美元，多花上290美元就能轻松圆了"跑车梦"，而290美元仅相当于很多美国中产阶级一天的收入。

　　人总在寻找不曾得到过的东西，年少时代缺失的东西更是弥足珍贵。当看到美国七八十岁的老年人开敞篷跑车时，不要忘记他们是在上世纪大萧条和二战时期成长起来的一代美国人，经济困境和炮火硝烟曾让他们陷入阴影中。当我看到美国耄耋老人驾乘颜色鲜亮的跑车从身旁开过时，不禁会想起苏东坡在《江城子·密州出猎》中用"老夫聊发少年狂。左牵黄，右擎苍。锦帽貂裘，千骑卷平冈……鬓微霜，又何妨"刻画出的顾盼自雄、豪气十足的光景。

罗宾家的"草地床"

　　2012年6月17日是个艳阳高照的周日，我与友人在弗吉尼亚州的狼夹（Wolf Trap）国家森林公园观看爱尔兰等国艺术家们的"大河之舞"演出。回首间，发现身后一家人的行头实属专业级：棉被加枕头，全家人在带坡度的草地上打造出一张舒服的"草地床"，冰镇饮料加快餐，吃得甚是惬意。我冲他们家微笑，他们回赠灿烂的微笑，我翘起大拇指称赞他们"装备精良"，他们再以自豪的微笑回应。在欧洲很多国家，你会见到一家人在草地上铺着精美的野餐垫，品着葡萄酒，吃着精致的点心；在美国很多地方，你能见到一家人在草地上随便铺一块瑜伽垫、旧床单或是野餐毯，喝着可乐，大嚼薯条。然而，像这样使用"草地床"专业装备的家庭，则带有很强的弗吉尼亚式田园特色。

　　离狼夹国家森林公园十英里之外的波多马克河畔，矗立着华府的文娱演出心脏——美国肯尼迪表演艺术中心。我每次穿着商务休闲装去肯尼迪表演艺术中心时，都会因为穿着过于随便而感到局促，毕竟周边大多数华府的男男女女都是身着晚礼服之类的盛装出席，盛装者往往会在演出前后喝杯香槟。在很多美国人眼中，华盛顿是一个与众不同的城市，若以为到过华盛顿就算了解美国的想法过于偏隘，就像到过上海、北京就自诩了解中国的说辞也让人感到不可靠。华府尽管人文气息浓

弗吉尼亚州狼夹国家森林公园里
坐在"草地床"上的罗宾一家

厚，自然风光秀丽，但却充斥着政客、说客和掮客，许多美国人认为华府透出一股狡诈和功利的气息，奥巴马总统经常在华府之外演讲时说自己总算可以透透气了。与肯尼迪表演艺术中心不同，每次到了弗吉尼亚州的演出胜地狼夹国家森林公园，我总会发现自己太过拘谨，因为周边会有"草地床"一族，这里的人们不会迫于别人的目光压力而装绅士淑女，在此头顶繁星，畅饮冰水，看着萤火虫，听到现场演出的精彩片段就大声叫好，难怪走遍全球的希腊音乐人雅尼（Yanni）在此演出时都说弗吉尼亚的体验无与伦比。这种得亲自然的弗吉尼亚休闲方式更能代表大多数美国人喜欢的安身立命状态。

仁者乐山，智者乐水。在美国建国之初的前五任总统中，山水兼得的弗吉尼亚州贡献了四位：乔治·华盛顿（George Washington）、托马斯·杰弗逊（Thomas Jefferson）、詹姆斯·麦迪逊（James Madison）和詹姆斯·门罗（James Monroe）。这些建国元勋无一不对田园生活有着无限的向往。到底是因为地灵孕育人杰，还是因为人杰而映衬地灵？或许两者兼而有之。田园野趣和乐天率性成为弗吉尼亚精神的重要元素，美国建国之父的这种情怀得到弗吉尼亚的群山、河流的佑护，弗吉尼亚也成为美国精神的重镇。

美国开国元勋乔治·华盛顿戎马一生，但从来都没有割舍对田园生活的眷念。借助自己多年担任土地丈量员练就的火眼金睛以及英国园艺学家巴蒂·兰利（Batty Langley）的《园艺新原理》（*New Principles of Gardening*）一书，他把波多马克河畔占地近8 000英亩的弗农山庄（Mount Vernon）打造成融山林、菜园、屋宇、谷仓为一体的世外桃源。这位指挥千军万马的建国英雄总想在弗农山庄多住上几天，但在战争年代，这种想法太过奢侈。卸甲归田的他将伺弄庄稼当成最大的乐趣，但是繁忙的公务让他无法完全投身田间，直到他在1797年卸下总统的重担后方能如愿，两年后他病逝并长眠在弗农山庄。

田园风情浓郁的华盛顿总统弗农山庄

建国之初的美国人不仅对怡然自得的田园生活心存向往，更把乡绅的人格修炼当成一种自觉。年少时代的华盛顿有本带在身边的《行为守则》(*Rules of Behavior*)，他烂熟于心的这部手抄本阐述了当一名绅士的行为规范，也给他种下了田园生活的心灵火种，这本书的结尾部分有首名为"真正的快乐"(*True Happiness*)的诗歌，勾画出华盛顿心中"采菊东篱下"的美版山居图：

若得以下，三生有幸
庭院深深，水土丰饶
家产取之有道，亦非劳苦所得
火炉暖人心窝，却无烟熏之苦
精力充沛，酒杯盈满
爱妻娴静，心胸恬静
思想健全，体格康健
谨言率真，好友知心
粗茶淡饭随缘过
夜阑人静悦小酌
睿智而无烦思苦
睡梦酣甜苦夜短

华盛顿在1789年到1797年担任总统的八年期间，总共回到自己位于弗吉尼亚州的弗农山庄15次之多，短则数日，长则数月。1775年，刚被委任为大陆军总司令的华盛顿在出兵前从费城写信给夫人玛莎·华盛顿，家书中透露出他对田园生活的怀念："我和你在家待一个月所能得到的真正快乐，远胜于我在外漂泊一辈子能得到的快乐。"

曾任弗吉尼亚州州长的托马斯·杰弗逊是美国第三任总统，这位伟人不仅因起草《独立宣言》和建立弗吉尼亚大学而活在美国人的记忆里，也是一位出色的发明家和园艺师。美国五分硬币的正面刻着杰弗逊头像，背面则是杰弗逊悉心经营的蒙蒂塞洛山庄（Monticello）。蒙蒂塞洛山庄在美国人心目中的地位不亚于法国人眼里的巴黎卢森堡公园，一包来自蒙蒂塞洛山庄的花草种子是美国人馈赠亲友的佳品。

置身层峦秀谷中的蒙蒂塞洛山庄从最初设计、施工到翻修，花去了这位建国之父大约四十年光阴。自1809年初卸任总统到1826年7月4日去世，杰弗逊更是将大量精力投注到了占地5 000英亩的蒙蒂塞洛山庄上。在杰弗逊看来，"没有什么职业比园艺更让人心情愉悦了，可以选择的物种如此之多，某种植物凋零时，总有某种植物在开花结果，一年到头都有赏不完的鲜花美景。"为了能让蒙蒂塞洛山庄与当年英国的顶级庄园媲美，杰弗逊在第二届总统任期内就开始四处寻找心仪的花草灌木运回山庄，还常让欧洲的朋友从意大利、法国等国帮他收集花草种子。

曾出使法国的杰弗逊了解当年欧洲最先进的科技理念和最时尚的生活元素，1809年他在给旅居法国巴黎的欧洲探险家亚历山大·冯·洪堡（Alexander von Humboldt）写信时说："你选择欧洲的科技和知识中心巴黎居住，是一个明智的决定，我则心系自己的国家和家园，否则我愿与你相聚。"藏书多、地图多、标本多、发明多是蒙蒂塞洛山庄给很多人留下的深刻印象，蒙蒂塞洛山庄的收藏不亚于任何一座小型博物馆，杰弗逊在世时，他成为当年美国个人藏书最丰的学者，目前你能在蒙蒂塞洛山庄看到的图书只是杰弗逊当年藏书的很小一部分。从英国赢得独立的美国并未能够享受到和平的国际环境，与英国的外交纷争和军事冲突不断，俗称美国第二次独立战争的1812年美英战争将这个新生的共和国再次拖入战火。1814年8月，缺乏战斗经验的美国民兵在首都保卫战中失败，英军攻占华盛顿，总统官邸、国会图书馆（Library of Congress）等地标性建筑被付之一炬。为了帮助重建国会图书馆，杰弗逊在1815年以2.395万美元的价格将自己珍藏的6 487册图书捐售出来。

无论是在戎马倥偬年代,还是在蒙蒂塞洛山庄的赋闲岁月,杰弗逊总是以一腔饱满的热情对待自然和生活,观察气温、记录鲜花开放的时间、留意鸟儿迁徙的规律都是他的最爱,因为口袋里总是装着各种测量器具,杰弗逊得到"移动计算器"的雅号。笔耕不辍的杰弗逊在蒙蒂塞洛山庄给自己装备了有自制信件复印机的时髦办公室,一生中写信多达两万封,他对美国第二任总统约翰·亚当斯(John Adams)笑称自己在"坐信件之牢"。做事和治国同样一丝不苟的杰弗逊喜欢在早餐前把书信写完,为了给自己腾出更多时间写信,不论晚睡与否,勤勉的杰弗逊总是赶在太阳上山前起床,"我几乎从不让太阳晒屁股"。与同代人一样,杰弗逊只吃早晚两餐,但是蒙蒂塞洛山庄的每顿饭都不会凑合,与女儿和外孙儿女共享天伦的杰弗逊懂得享用精美瓷器、咖啡保温壶、厨房送餐梯营造出的时尚、舒适、便捷、考究的用餐环境。

设计和修剪蒙蒂塞洛山庄的苗圃则是杰弗逊和家人的一大乐事,山庄里的花草多达数百种,从常见的郁金香到英文以杰弗逊命名的二叶鲜黄连(Jeffersonia diphylla),应有尽有,堪称弗吉尼亚的民间植物馆。蒙蒂塞洛山庄里的花草可以养眼,土生土长的水果蔬菜则可以享用,杰弗逊将果蔬分为三大类:第一类是果树类,据记载,在1811年时,蒙蒂塞洛山庄里的桃树、樱桃树、苹果树、杏树、梨树等多达384株;第二类是根类植物,包括胡萝卜、甜菜和洋葱等;第三类是菜叶类,菜地里种有芹菜、菠菜、卷心菜等时令鲜蔬。在菜畦之间,杰弗逊还种上了草莓等小型果蔬,碧绿的果蔬地也印证着山庄主人家富足的日子。相隔不过百余英里,弗吉尼亚州的弗农山庄和蒙蒂塞洛山庄尽管都是绿树成荫、菜园青青,但还是会给人不同的感受,若说弗农山庄透出一股内蒙古草原的粗犷大气,那么蒙蒂塞洛山庄则透露出苏州园林的精致优雅。

美国第四任总统詹姆斯·麦迪逊被誉为"美国宪法之父",麦迪逊家族的蒙彼利埃山庄（Montpelier）坐落在壮美的阿巴拉契亚山脚下，早年曾以烟草种植园出名。麦迪逊家族的一位好友玛格丽特·史密斯（Margaret Smith）如此描述这座占地2 700英亩的山庄："山庄土地肥沃，但更重要的是麦迪逊打理得当，山庄的大部分都由自然植被覆盖，整个山庄在设计上注重舒适性和便于招待亲朋，而不是为了炫耀主人的显贵身份。"曾任杰弗逊内阁国务卿的麦迪逊与杰弗逊志同道合，杰弗逊在卸任总统并定居蒙蒂塞洛山庄后，几乎每年都会到访蒙彼利埃山庄。来而不往非礼也，麦迪逊入主白宫的第一个夏天就与友人一同造访蒙蒂塞洛山庄消暑。蒙蒂塞洛和蒙彼利埃两个山庄的主人保持着频繁的书信往来，谈论国家和山庄的大事小情。

现任弗吉尼亚州州长鲍勃·麦克唐奈（Bob McDonnell）自幼在弗农山庄旁长大，其母亲曾在弗农山庄工作，一家人与弗吉尼亚的历史和山水结缘甚久。2012年7月3日，在庆祝第二天就要到来的美国第236个独立日时，弗吉尼亚州的这位最高行政长官自豪地叙述了美国、弗吉尼亚人、弗吉尼亚山水之间的血肉联系：乔治·华盛顿、托马斯·杰弗逊、詹姆斯·麦迪逊、"人权法案"之父乔治·梅森（George Mason）、倡导"非自由，毋宁死"的前弗吉尼亚州州长帕特里克·亨利（Patrick Henry），这些弗吉尼亚伟人从弗吉尼亚的壮美山川中汲取了无限灵感，这些伟大的弗吉尼亚人在1776年7月4日给予了美国生命，美国发端于弗吉尼亚，开国先贤当年的理想也成为美国的宝贵精神财富。

经历了第一次工业革命、第二次工业革命和后工业化社会发展的美国，国家面貌与建国的18世纪晚期截然不同，通过西进运动、从法国购买土地等方式使得国土面积迅速扩张，城乡差别逐年缩小，当前农业人口不足全国人口的3%，在任何小村庄，你差不多都可以找到网络信号，服务业成为美国就业市场的主力军，美国也从独立战争期间难以在欧洲筹措资金的金融弱国崛起为全球金融巨头。但是，随着办公高楼拔地而起，田园生活在美国人心目中的地位并未下降，反而因为城市化的高速发展而显得更为珍贵。现任美国第一夫人米歇尔·奥巴马（Michelle Obama）特意在白宫开辟出一块菜园，菜园里大量果蔬的种子来自蒙蒂塞洛山庄，还特意用标识牌注明其高贵的弗吉尼亚田园血统。

这种田园精神从美国人爱看的奥运会项目中可见一斑。在2012年伦敦奥运会期间，美国全国广播公司（NBC）转播的重点自然是美国群众基础最好的项目，与中国人喜欢的乒乓球、羽毛球、举重等室内项目不同，美国人爱看的是沙滩排球、自行车、赛艇等室外项目，连美国男篮等"日光灯"项目的转播都要给这些"阳光"项目让道。

行走于美国，无论是在美国建国之初的阿巴拉契亚山脉以东各州，还是在领土扩张后的阿巴拉契亚山脉以西地区，当你看到在西部黄石公园的溪流中尽情玩飞钓（fly fishing）的老人，在佛蒙特州山区滑雪的中年人，在夏威夷平静的海面上享受平板冲浪（flat board surfing）的年轻人，在众社区举行的主妇园艺大比拼，在各个果园里采摘的可爱孩童，你都能深切地感受到美国精神里的弗吉尼亚气息。

1 白宫菜园

2 白宫菜园的很多种子来自杰弗逊总统蒙蒂塞洛山庄，一块标识牌上写着杰弗逊总统的名言："……可以选择的物种如此之多，某种植物凋零时，总有某种植物在开花结果，一年到头都有赏不完的鲜花美景。"

A Garden Tribute
to
THOMAS JEFFERSON

✳

"...the failure of one thing repaired by
the success of another; and instead of
one harvest, a continued one
throughout the year."

1

2

"我自己搞定！"

2012年5月24日，美国犹他州盐湖城国际机场的一家租车公司柜台前排起了长龙，排在我前面的三岁中美混血儿玛丽（化名）和父亲等待取车。玛丽不停地摆弄着自己的凯蒂猫行李箱来打发寂寞，由于玩得过火，行李箱和她同时摔倒在地。没有哭声，没有撒娇，玛丽自己起身。美国父亲想要帮她扶起行李箱，玛丽一把推开父亲结实有力的大手，撅起倔强的嘴喊道："我自己搞定！"（I got it!）

中国人常说"三岁看到老"，三岁孩子已经显露出自身的秉性习气。如果与很多美国家庭培养出的孩子相比，中国城市里三岁孩子身上的娇惯气明显过重。中国城里三岁孩子的很多时光是在长辈怀里度过的，三岁美国孩子的很多时光则在摸爬玩耍。中国城里三岁孩子的衣服、零食都在长辈的行囊中，三岁美国孩子的衣物都在自己背包里。中国城里三岁孩子往往是被长辈抱上飞机的，三岁的美国孩子往往是左手抱着自己的玩具宠物，右手拉着自己的行李箱，像个小大人似地登机。中国城里的三岁孩子下台阶时，可能是被父母抱着或是由爷爷奶奶牵着，美国的三岁孩子下台阶时，一旁的父亲会给他壮胆："干嘛要爬，为什么不跳下去？"

玛丽这样的孩子属于美国"标配"，但如果玛丽是由中国的亲戚在

美国机场里自己拉着行李的小孩

国内带大，估计她摔倒时的第一反应会是用哭来自卫，接下来姥姥会责备姥爷看护孩子不周并引发家庭口水大战。"含饴弄孙"是很多中国老一代向往的养老状态，小皇帝、小公主是中国城市里很多孩子得到的家庭封号。

玛丽这个孩子其实是一块白板，白板上写着她父母的育儿观。中美两国的育儿观区别之大甚至会造成无法用语言弥合的文化障碍。2010年圣诞节，我和爱人在美国俄亥俄州友人家的农场度过。圣诞夜我坐在圣诞树的沙发上静看窗外飘雪，身旁的一群孩子不停地在沙发和地上翻腾，动作"危险系数"极高，我不由自主地提醒9岁的凯蒂"小心点，不要弄伤自己！"结果大声连说两遍，凯蒂都困惑地摇头，没明白我在说什么。理由很简单，凯蒂从来都没有听过长辈说过这种话，也不曾料想这种话会出自长辈口中。

"是甜还是苦，要让孩子自己去体验，父母可以陪他体验，但不要剥夺他体验的权利。她撞得头破血流了，下次就长记性了。"这是凯蒂母亲的原话。这样的话让中国父母听来似乎有些狠心，中美父母对于孩子到底应该"放养"还是"圈养"的看法迥异。

美国耶鲁大学教授蔡美儿（Amy Chua）的《虎妈战歌》（*Battle Hymn of the Tiger Mother*）一书曾引起热议。如果说中国很多音乐、数学神童来自虎妈式的严厉管束和定向培养，美国孩子练达的处事、沟通能力则来自在同学家过夜（sleepover）等美式孩童活动，此类活动是遭虎妈"封杀"的，美国孩子的人际能力也很难由虎妈让孩子在家干倒垃圾等家务活得以培养。

其实，登高望远这个说法也适用于育儿，父母的高度决定了育儿的高度。如果父母了解孩子这辈子需要什么能力生存，则可以"前瞻性"地进行规划。如果把人的技能由难度从低到高分为技术技能、人际技能和概念技能的话，那么传统的中国父母往往用较多的精力来培养孩子做奥数题、弹琴等单项技术技能，美国父母则将较多的精力用于培养孩子的人际技能和概念技能。因而，很多中国父母引以为豪的钢琴神童只不过是会敲击键盘的音乐"匠"，而非美国人眼中富有灵性的音乐家。

十多年前，我给北京一位五岁的孩子辅导英文。有一次，我周末临时有事无法照常上课，和孩子的母亲提出可否换平时某天晚上给孩子补一次课，孩子母亲为难地说："不行啊，她周一有体操课，周二有游泳课，周三是钢琴课……周六是你的课，周日是数学课，一个空当都没有啊。"五岁的孩子忙于被各种技能填鸭，尽管她英文发音很好，但在上英文课时总是无精打采，毕竟每天"奉旨"完成技能补习让她幼小的身心感到疲倦无力，再生动的教学方法、再好的原版英文教材也难以激发起她天性的火花。从此，我再也不敢随便更改这个孩子的上课时间，因为她肩头的担子远比我沉重。"比孩子"的心态也给很多中国父母造成沉重的经济负担，"我孩子上各种补习班都快把我弄破产了"，这是一些中国父母无力的呐喊，这种呐喊放在美国，会让人听不懂。美国一些公立高中为了营造"天天向上"的气氛，放学时间不是在下午三点整，而是下午三点零一分，但是三点零一分之后的时间基本都属于孩子自己，除了完成家庭作业以外，父母不会过多干预孩子的时间支配，孩子基本处于"放养"状态。

经济合作与发展组织（OECD）开展过一项针对15岁孩子"会读书"能力的测试，这一测试表明，在"虎妈"们的严格调教下，中国孩子的啃书能力和记忆的知识储备冠居全球。"全球学生测试项目"（Program for International Student Assessment，PISA）将学生在阅读、数学和科技常识测试项目中的得分从低到高划分为二至五档。2009年，包括美国、英国、加拿大、德国、瑞典等34个国家在内的经合组织成员国的孩子位于第五档的比例仅有7.6%，美国为9.9%，中国上海地区孩子的测试结果比例高达19.5%，而且大幅超过亚洲邻国日本的

13.4%和新加坡的15.7%。

不可否认，从社会财富、受教育程度等社会指标来衡量，中国式"棍棒家庭文化"中培养出的亚裔美国人在美国社会中取得了骄人的成绩。美国皮尤研究中心（Pew Research Center）2012年6月19日公布的一份题为《美国亚裔的兴起》（*The Rise of Asian Americans*）的研究报告显示，亚裔已成为美国收入水平和受教育程度最高的族群。据统计，2011年美国亚裔人口约为1 820万人，占美国总人口约5.8%，主要由华裔、菲律宾裔、印度裔、越南裔、韩裔和日裔等移民构成，华裔人口约为400万。美国华裔家庭的年家庭中间收入约为6.5万美元，略低于亚裔家庭的6.6万美元，但是显著高于所有美国家庭的4.98万美元。在25岁以上的华裔人口中，有51%的人士拥有大学及以上学历，略高于亚裔人口49%的比例，更是显著高于全美28%的平均比例。

不过，亚裔美国人的成功也是付出代价的。在大量美国人眼中，很多中国人是会啃书、能赚钱但是严谨过度、幽默感不强的一群人。同样，国人不应仅仅因为孩子啃书能力全球无人可以比肩而沾沾自喜，很多中国孩子"高分低能"、自理能力差的短板不仅国人共知，也已经成为一些中国孩子的国际名片。中国虽然会读书的人很多，但是尚未培养出和这一基数比例相称的诺贝尔奖获得者，也没有涌现像苹果公司创始人史蒂夫·乔布斯（Steve Jobs）一样的创新大师，在创造力方面，美国孩子的能力让很多中国孩子望尘莫及。创造力的差距也在影响社会的方方面面，打开电视机，若从创造性的角度来评价，中国电视中的广告精品可谓乏善可陈，美国的电视广告则会让你惊喜连连。美国全国广播公司的选秀节目"美国达人秀"（America's Got Talent）在中国难以复制，里面出现的CMYKs等天马行空的表演组合在中国难觅踪影，因为有如此创意的念头大多会被中国"虎妈"们以不好好念书为由给掐灭了。

中国父母对成功的定义太过趋同，这是一个值得反思的教育观和价值观倾向问题，在一定程度上，这会阻碍孩子才能的释放。不能得A以下的成绩是"虎妈"对孩子的要求，剑指哈佛、耶鲁也是很多"虎妈"给孩子确立的中期规划，因此其他各种活动都要让路。君不见，美国哈佛、麻省理工学院等名校的校园密布着前来"踩点"的中国父母。但是，很多美国人坦言，自己正是在参加学校演出的过程中提高了交流和辩论能力，正是在和玩伴共同成长的过程中学会了倾听和体贴，这些能力与品质恰恰是很多中国孩子欠缺的。

　　美国"股神"沃伦·巴菲特和微软创始人比尔·盖茨（Bill Gates）都是全球商业翘楚，但并不能算是中国父母眼中的乖孩子。这对好友都不是校园里死啃课本的"书虫"，也不认为上不了名校即意味着世界末日到来。2012年6月5日，凯雷集团联合创始人戴维·鲁本斯坦（David Rubenstein）在华盛顿经济俱乐部举办的晚餐对话上问及巴菲特，"当年没有被哈佛录取，哈佛有没有对此表示遗憾"，在场的全球经济和政治精英齐声大笑。在"虎妈"眼中，中学很多课程只能勉强得到及格分的巴菲特算是个无可救药的孩子，但巴菲特早早地就显露出商业才华，当议员的父亲没有逼迫他从政，更没有把他的才华"掐灭"。早在13岁就开始赚钱的巴菲特用经典的"巴氏"幽默方式答道："我知道哈佛负责业务发展的官员可能不太高兴，但我不知道自己从哈佛毕业后会是什么样子。"

　　美国总统奥巴马2012年6月23日在《新闻周刊》（Newsweek）发表署名文章谈及美国的教育公平性问题，他开篇列举的家庭例子则是典型美式育儿观的写照，"给我女儿萨莎（Sasha）的篮球队当教练，让我很有当老爸的感觉……为人父母，没有几件事能比看到孩子培养起对某件事的兴趣更令人感到自豪了。萨莎和队友通过打球得到自我提高，开始树立团队意识，培养起自信。"前美国总统小布什也有过类似的记述，他在自传《抉择时刻》（*Decision Points*）中回忆，最引以为豪的是11岁那年父亲老布什和他在家玩棒球时对他说的一番话，老布什向小布什投出一记速度很快的球，带着棒球手套的小布什成功接住了球。老布什赞许地说道："儿子，你长大了。我想多使劲给你投球，都没问题了。"

中美两国育儿观的差异也反映了两国父母的思维坐标系差异，蔡美儿谈及至少三处显著区别：首先，西方父母极其注意保护孩子的自尊心，很多中国父母则提倡"棍棒底下出孝子"。其次，西方父母不觉得孩子对自己有何亏欠，中国父母则觉得孩子亏欠自己很多。最后，西方父母尊重孩子的自我选择意愿，中国父母则愿意"先知先觉"地替孩子规划好人生道路和技能培训计划。

造成上述区别的一个重要原因是父母对自己的定位不同，美国家庭注重父母与孩子共同成长和寓教于乐的过程，父母将自己放在和子女平等的地位上，认为育儿是一段彼此沟通、交流、分享的家庭旅程，其弊端也显而易见，只求民主、不求精进的家庭氛围容易让一些孩子放任自流。中国父母更在意孩子通过接受技能教育给未来做好准备，"姜是老的辣"，父母认为自己的安排总是有道理的，孩子听人劝，才能吃饱饭，当然这种教育方式容易加重孩子的逆反心态。蔡美儿的女儿很乖，任由母亲说了算，但是在美国长大的孩子可能就不吃父母做主这一套。美籍华裔作家谭恩美（Amy Tan）的名著《喜福会》（*The Joy Luck Club*）讲述了麻将桌上四位亚裔牌友的心路历程，解放前移居美国的四位女性人生坎坷，她们与四位女儿之间的喜乐忧愁也折射出第一代移民和第二代移民之间的文化冲突，静美（音译）的母亲希望女儿样样都能超越同侪，为了把她培养成钢琴神童而不断给她施压，最终导致女儿逆反而不再练琴。在根据《喜福会》改编的同名电影中，静美大声朝母亲咆哮抗议："这是美国，不是中国，你别想逼我就范！"而小布什在回忆父母的育儿观时谈到，作为老布什的孩子，人们认为他在成长过程中肯定要承载很大的压力，其实不然，他的父母从来没有要把当棒球投手、政治家或者艺术家等职业理想强加于他，他们为人父母就是用爱来关心他，鼓励他开辟自己的人生道路。

他山之石，可以攻玉。玛丽父亲的看法远离了"虎妈"育儿的功利味，也摒弃了美国家庭的散漫气息，他说"两个民族都有很好的文化传统，各自的育儿理念也有弊端，为什么不去粗取精？我希望玛丽能继承两种文化的优良精髓"。

驰骋在国际金融疆场的前法国财长、现任国际货币基金组织总裁克里斯蒂娜·拉加德（Christine Lagarde）就得益于法国和美国两种文化的水土滋润。拉加德早年曾随家人来到美国，在华府的霍尔顿-阿姆斯私立女校（Holton-Arms School）就读。这位关乎欧债危机解决进程的女强人至今念念不忘母校拉丁语校训给她带来的心灵震撼——"我要不就找到一条路，要不就闯出一条新路来"（Inveniam viam aut faciam，I will find a way or make one）。该校联合创始人阿姆斯夫人就提倡"不仅要培养孩子的大脑，还要修炼他们的灵魂和精神"。

拉加德母校的校训让人想起哈佛大学历史学家路易丝·撒切尔·乌尔里希（Louise Thatcher Ulrich）的名言"规规矩矩的女人从来都难以创造历史"。

"虎妈"在美国引起了舌战，与蔡美儿论战最出名的当属萨默斯。这位犹太精英、美国前财政部长虽然也强调严格育儿，但他直言"虎妈"的教育方法错了。萨默斯认为，在当前世界上，越来越多强调技术严谨性的工作正在交由计算机来打理，重视培养严谨和规矩态度的教育方法也要相应调整，孩子的创新能力应当成为父母和教育工作者更加重视的宝贵财富。在萨默斯眼中，哈佛培养出的最优秀的两个学生是比尔·盖茨和脸谱网站（Facebook）创始人马克·朱克伯格（Mark Zuckerberg），两位极富创造力的年轻人本科没毕业就弃哈佛而去，换作"虎妈",恐怕要和孩子断绝母子关系。

中美两国在育儿观上尽管有质的差别,但在松紧度上却出现一个共同趋势:在过去数十年间,随着城市化的发展和物质的极大丰富,两国父母对家庭规矩的松紧度在向"松"的一端倾斜。随着消费主义盛行,用物质替代父爱、母爱的浅表文化现象成为小康生活的副产品,或是成为父母当年未能享用物质财富的心理代偿品。中国人熟悉的美国歌星迈克尔·杰克逊(Michael Jackson)从小在严厉的家庭环境中长大。2012年夏,他母亲凯瑟琳·杰克逊(Katherine Jackson)在接受电视访谈时被问及,迈克尔·杰克逊童年时代的成长环境是否太过恶劣。凯瑟琳·杰克逊毫不以为然,她说在几十年前的美国,父母打骂管教孩子,孩子绝对不会像如今这样嚷嚷要报警的,那时的家庭教育氛围比现在要严格得多。在过去数十年,美国各地逐渐通过的法律在对体罚说"不",在明尼苏达等州,父母在家打孩子是违法的,在阿拉斯加等几十个州,老师体罚学生也是违法的,校长办公室里的戒尺走下了神坛,取而代之的是"你真聪明"等赞许声。我在二战前出生的美国朋友 J. 维克·芬德伯克回忆说,在他小时候,体罚不仅在美国家庭很普遍,在学校里也会出现,他小学校长的办公室门后就挂着一根戒尺;如今,随着美国家庭物质条件变得日益富足,体罚的情况越来越少,父母更多采用"克扣"零花钱、不许邀请同学来家吃饭等物质杠杆来进行惩罚。

中美两国的文化传统、社会和经济发展阶段不同,每个孩子和家庭的状况也有差异,育儿确需因材施教。中美两国的育儿坐标系有很多可以互通之处,可以互相借鉴。

吃出麻烦

在2012年纽约市举行的国际吃热狗大赛上，美国热狗"皇帝"乔伊·切斯特纳（Joey Chestnut）第六次拿下该项百年赛事的冠军，他在短短十分钟之内狼吞虎咽地吃下68个热狗，平了自己创下的"大胃王"记录，并豪取1万美元奖金。但是，来自美国加州的切斯特纳并不满足，这位28岁的小伙子为自己没能打破记录而感到遗憾，他发誓要奋发图强，来年定要啃下更多热狗。

体重将近两百斤的这位热狗"皇帝"走在中国街头恐怕算是虎背熊腰的巨人，但若走在美国大街上，恐怕只是人群洪流中不起眼的平常人，毕竟大腹便便且行走不便的美国人随处可见。在如今的美国，每三个人中就有一个患有肥胖症，如果把身体超重者也算上，超过六成的美国人都已经迈入胖子行列。美国疾病控制和预防中心发布的预测报告称，根据目前的发展趋势，到2030年，美国患有肥胖症的人口比例将由目前的约三分之一上升至42%。

据比赛主办方介绍，竞赛用的一个热狗含热量290卡路里、脂肪17克、钠710毫克，也就是说，在短短十分钟之内，切斯特纳摄入了将近2万卡路里的热量、超过1 150克的脂肪、超过4.8万毫克的钠。"病从口入"，此言不虚，美国人肥胖症有增无减除了和遗传有关，与美国人的饮食习惯也大有关系。美国疾病控制和预防中心警示，九成的美国人摄入超过健康标准的钠，美国政府建议民众一天摄入的钠不超过2 300毫克，但是美国人平均每日摄入的钠多达 3 300 毫克。伴随着肥胖症的心血管疾病、糖尿病、高血压在美国极为常见，这给美国带来了巨大的医疗支出压力。业内人士估算，每年美国因为肥胖症而导致的相关医疗支出达到惊人的 1 400 多亿美元。

你走在美国街头，会有这样一番直观感受，黑人群体的肥胖现象尤为明显，要想在美国街头撞见几个身材苗条的黑人女性，实在很难，其中的一个重要原因是黑人等群体对烧烤、汉堡、热狗更为热衷，但是不爱锻炼。据统计，80% 的黑人女性体型超重，黑人肥胖症的比例要比白人群体和拉美裔群体高出约五成。2012 年 7 月，在华府举办的一个关于黑人肥胖症的研讨会上，美国联邦众议员罗纳德·德勒姆斯（Ronald Dellums）警告，黑人社区的肥胖症与高犯罪率、缺乏健康生活理念等社会问题互相关联，如果黑人孩子的父母正在监狱服刑，或是根本不在意家庭餐饮是否健康的话，难以想象在黑人社区长大的孩子能学好，他们的下一代可能继续这样吃，继续这样生活。

美国人对烧烤的酷爱超过了中国北方人对涮肉的热情，因为美国人一年四季都在吃烧烤。在美国人眼里，烤肉、热狗不分家。吃烤肉、就薯条、吞热狗之类的垃圾饮食文化在美国长盛不衰，在各种饮食类杂志的封面，你常能看到"教你 15 个烧烤妙方""教你 10 种汉堡秘诀"之类的美式烹调大标题。

但丁（Dante Alighieri）在《神曲》（*The Divine Comedy*）中引用了七宗罪，其中暴饮暴食的饕餮之罪就位列其中。在如今的美国，饕餮不算是罪，你不用遮遮掩掩地胡吃海塞，这是可以上升到竞赛层面的光彩之事，消费主义在其中扮演了推波助澜的作用，很多商家在力推烧烤大赛之类的活动，以此来赢得人气和新客源。如果你没有见过美国大型连锁超市塞夫韦（Safeway）每年在华盛顿举办的"全国烤肉大战"活动（National Capital Barbecue Battle），你算是没有见过美国饮食大

美国大型连锁超市塞夫韦2012年
在华盛顿举办的"全国烤肉大战"

世面：你可以头顶烈日，背对国会山，面朝白宫，左手端着大杯冰镇啤酒，右手拿着各式烤肉，穿梭于胖子组成的人流之中，转战于各家烤肉铺、热狗铺、汉堡铺之间，领略美式吃相的豪迈。还有一种美国人酷爱的聚会方式叫停车场烧烤聚会（tailgate party），在这个汽车王国，民众开车去看橄榄球等比赛，在停车场上将车里的烧烤架卸下来，在车后边露天烧烤，很是豪爽，能容纳上万辆车的停车场弥漫在浓浓的烤肉和木炭香味之中。英美人士常说，"你吃什么，就有什么体型。"（You are what you eat.）我的一位大学同学来美国读博士，加入了学校的英式橄榄球队，身高不到1.8米、体重约有200斤的他在国内母校是"体重冠军"，我问他在美国的橄榄球队感受如何，他回答说："我的身材是最瘦小的，可以说是弱不禁风型吧，基本上不敢和美国球员冲撞。"

硬币都有两面，美国的素食者很多，注意饮食习惯并且重视锻炼者也随处可见。但是，不夸张地说，美国人制造垃圾食品的想象力冠居全球，甚至会让很多欧洲人士瞠眼咋舌。在美国的超市和食品店，你会发现"爆米花味薯片""烤肉味爆米花""盐酥卷饼热狗""焦糖脆甜饼"等垃圾元素复合型食品大受欢迎。若是在丹麦、意大利等国的餐馆里点炸薯条，你可能会遭侍者的白眼，他们会义正词严地告诉你："这里是意大利餐厅，没有薯条。"飞越大西洋后，在美国汉堡馆、牛排馆、比萨馆，难以想象会点不到薯条，倒是美国餐馆里的薯条"体型"太大，我与爱人两人都吃不完一份中号薯条，痛恨浪费粮食的我俩经常要忍受良心的折磨。

7月4日美国独立日前夕，美国多个城市都会举办吃热狗大赛。有识之士指出，这种做法会带来糟糕的社会示范效应，美国医学会（American Medical Association）的专家杰罗姆·亚当斯（Jerome Adams）博士就说："不论是在电视上，还是在集会上的速吃比赛，虽然让观众看得过瘾，但是真的很不健康。"

美国街头的胖人

华盛顿红皮橄榄球队（Redskins）
主场里行走不便的胖球迷

　　出生在英国的美国有线电视新闻网（CNN）主持人皮尔斯·摩根
（Piers Morgan）可谓见多识广，这位当红主播2012年7月3日在结束
自己的晚间节目时，摇头感慨道："美国人这种吃法太疯狂了，不过和
我这个英国人无关。"

2012年8月25日，华盛顿红皮橄榄球队主场
球迷用停车场烧烤聚会来庆祝胜利

"非常合法"

2012年初夏的一个周末，在寓所附近的马路旁，我与爱人看到有位年轻的父亲在车后托腮苦思量。我俩好奇地打量这位皱着眉头的美国人究竟在干什么，他略带尴尬地解释道："非常合法吧！"（Pretty legal!）

原来这位父亲正在目测车尾和公寓通道路口之间的距离是否足够6米。美国各州的交通法规各有不同，但是对于路边停车都有一定之规，例如弗吉尼亚州不允许在离消防栓15英尺（约4.5米）的距离内停车，不能离路口20英尺（约6米）的距离内停车，不能在距离铁路和公路交叉路口50英尺（约15米）的距离内停车……为了拿下当地驾照，即便是对不爱记数字的美国人而言，也得啃下这些数字。其实，周末美国警察一般处于"半执勤"状态，停车是否守规矩主要凭车主自觉，但这位父亲的说法和做法体现了法治精神在美国的深入人心，坐在汽车后座上的孩子则在接受这种法治教育。

如果说"情"是中国社会的关键纽带，那么在美国社会中扮演这一角色的则是"理"。这一重要的文化反差在社会生活的方方面面得以体现，"知情同意书"（form of consent）就是一个极好的例证。中国人去牙科医院做个根管治疗或是拔牙的小手术，如果没有通过熟人找到专家并说上一通好话，躺在手术台上总会觉得忐忑不安；手术后的春节、中秋节如果没有答谢医生，心里又会觉得七上八下，怕人家觉得你"用人朝前、不用人朝后"。你在美国的牙医诊所，先要签知情同意书，因为手术过程以及事后用药可能会让你觉得不舒服，如果你不给医生免责，心里忐忑的不是你，而是下刀的医生，每年美国医生因为病患抱怨惹上医疗官司的数不胜数，因而事前免责必不可少。

知情同意书还会发生在美国的很多其他场合，甚至是你想不到的场合，它在美国的常见程度，不亚于中国男性找人办事先递一支香烟。在美国，不愿签知情同意书而不得不签者大有人在；在中国，自己不抽烟，但为了应酬，衣兜里放包香烟者也大有人在。假如你读小学的孩子明天学校组织去春游，中国父母可能要忙着帮孩子张罗好食品、饮料，千叮咛万嘱咐要孩子听班主任的话，甚至要提前找班主任热情"沟通"一番，提醒他对自己的孩子额外关照；美国的父母则会被校方要求签署冷冰冰的知情同意书，孩子在山上玩耍或是在河边戏水时出现意外，责任并不完全是校方的。美国人与人之间的温热关系先要有这种冰冷的法律文书做底线，可以说人际关系是"先冷后热"的契约型关系，美国很多夫妻结婚前会签署离婚时的财产分配方案，富豪夫妻更是爱效法此道，这样可以有效规避用感情骗财产的恶作剧，一旦分手，大家好说好散，很少见到因为财产分割不清而哭得死去活来的美国人。中国的人际关系之中如果先掺入了这种冰冷的法律文字，往往会显得生硬，丈母娘首先就会反对："这男人跟你这么斤斤计较，能是真心爱你吗？"中国人处世强调"欲要取之、必先予之""你敬我一尺、我敬你一丈"，但不免会发生兄弟分财产的法律纠纷，可能还会出现老死不相往来的家庭悲剧。

"情"与"理"的不同侧重，是来自美国与中国不同的文化之根。华盛顿等城市的布局是法国巴黎的舶来品，美国人的精神之根也来于法国，法国启蒙时期思想家孟德斯鸠的《论法的精神》等作品对美国社会运转模式扮演着定海神针的作用。在孟德斯鸠眼里，真正的自由只能是法律框架下的自由，这与《论语》提倡的"为政以德"的逻辑出发点相去甚远。美国第二任总统约翰·亚当斯（John Adams）早年担任律师

美国街头停靠的汽车给消防栓"让道"

的一段经历堪为美国人处理个人情感与社会契约之间纠结的绝佳注解。1770年是美国独立战争爆发的前夜，美国人对英国殖民地统治的憎恶日益加深，很多美国平民将一腔怨火发泄在身边"吃皇粮"的英军士兵身上。1770年3月5日夜里，英国在波士顿的驻军和平民发生摩擦，由于平民向英军投掷各种硬物，英军开枪还击，造成众多平民死伤，人称"波士顿大屠杀"。受波士顿商人詹姆斯·佛雷斯特（James Forest）之托，日后的独立战争领袖约翰·亚当斯顶着被所有波士顿市民辱骂的压力，在法庭上为英国官兵据理力争，最终让他们得以无罪释放，理由是他们开枪属于自卫行为，而非长官下令的屠杀举动。亚当斯的慷慨陈词响彻法庭："铁证如山，尽管我们的情感天平是倾斜的，尽管我们怒火中烧，这些都不足以成为改变事实的准绳。"

中美两国对"情"与"理"的理解不同，这不仅会造成处理人际关系时的坐标系迷失，甚至会造成想不到的麻烦。2012年6月底的一个周末，我在离华盛顿国会山不远的巴诺书店（Barnes and Noble）目睹了一位中国姑娘遭遇的美国麻烦。这位中国姑娘在埋头看书一个多小时之后，转身去了洗手间，但她刚走五分钟，数名神色紧张的保安就来到她桌前，四处询问书包的主人在哪？数分钟后，这位姑娘回到座位，她满头雾水地看着保安并聆听训诫，保安让她以后不要随便将包搁在桌上。这位姑娘肯定是碰上了美国人喜欢偷偷干的"告状"（whistle-

RESERVED
PARKING

PENALTY
$100-500 FINE
TOW-AWAY ZONE
VIOLATIONS CALL 228-7141

2 HR
PARKING
LIBRARY & PARKS
PATRONS
ONLY
8AM-6PM
MON-FRI

EXCEPT
PERMIT
HOLDERS

美国一处图书馆前的交通指示牌，残疾人专用车位和举报电话，违者罚款100至500美元

1 美国街头的一块路边停车指示牌，必须要"倒车入位"

2 美国路边有时会见到专用车位，随意停车会被拖走，马里兰州议会大楼外的众
  议长专用车位

blowing），因为她随意将包放在公共场合，美国人担心里面会不会有爆炸物。想必这位姑娘心里有一肚子中国式的苦水："我信任你们，才将书包放在桌上，我都不怕你们偷，你们干吗还要向保安告状？这种做法真是太不近人情了。"美国人不会理解这种苦衷，他们的逻辑是："万一你的包里有爆炸物，我们该怎么办？你在享受行动自由的同时，有没有想过对我们的潜在人身威胁和心理压力？这种做法真是不守规矩。"

也由于中美两国对"情"与"理"的理解不同，同样的事物在两个不同的文化载体上，会出现不一样的特征。以彩票为例，逢年过节在中国一些小城市出现的"刮刮奖"摸奖活动现场，现场悬挂的大红标语上写着"祥和过年，杜绝赌博"，这只是一种道义规劝，而缺乏有效的约束机制。中国人会想，有孩子过年愿意拿压岁钱多摸几张彩票又有何妨，何必越俎代庖去掺乎别人的家务事。在美国，彩票的背面通常会写着一个举报电话，还有一行提示："如果你知道有人沾染赌博恶习或有赌博倾向，请打***号码举报。"你还真得小心，在美国，有很多热心人喜欢拿起电话告状。

当你听到法官敲响法槌，庄重宣判儿子赔偿父亲三千美元的买车首付款时，你会由衷感慨，中美两国除了语言不同，社会的价值准绳也有天壤之别。

从美国不流行"加塞儿"说起

通过好莱坞影片这个窗口来了解美国的中国人或许认为，酒色犬马、街头飙车在美国随处可见，这是让美国人叫屈的一个误读，到访美国的友人常会对美国大城市"加塞儿"之少而感到惊讶。

美国也会有司机、行人不守交通规范，在纽约街头，车不让人、人不让车的现象并不罕见，但是与中国大都市相比，美国大都市的交通拥堵状况算是小巫见大巫，尤其是让人深恶痛绝的"加塞儿"现象并不常见。美国首府华盛顿位列全美最拥堵城市之一，在上下班高峰期间，交通拥挤状况不亚于超级大都市芝加哥和纽约。然而，即便是在华府的"老堵点"，你也很少会见到恶意"加塞儿"的现象，车辆行进和等待并然有序，在各条车道上左右乱窜的司机不多，并线的往往是不熟悉路而走错车道的司机，邻近车道的人大多会礼让对方，欣然"被加塞"，加塞者则会以微笑和挥手道谢。微笑是有良性传染力的，下次你走错道要并线时，微笑也能帮你在美国轻松开道。这让人不禁想问，在同样也是左舵右行的美国，为何"加塞儿"现象难见。

美国交规在司机心目中具有公路"高压线"的地位。美国人开车违规被警察拦在路边后，掏出驾照时大多也会和警察软磨硬泡，但鲜见有打电话疏通交管局关系"铲分"者，更没有敢搬出警察上司的名字来威胁警察者。作为契约精神的一种体现，你若在华府繁忙的里根机场等待打车时，会有机场的工作人员塞给你一张打车价目表，上面列着从机场到华盛顿各个地区的详细价目。哪国的出租车司机都不容易，但阳光挣钱并非过分的要求。

美国交通执法之严是出了名的，"刑可上大夫"，奥巴马政府内因为开车出事的"部级"高官至少已有两位了。前美国联邦航空局局长兰迪·巴比特（Randy Babbitt）2011年12月因为在弗吉尼亚州酒驾被警察逮住而旋即辞职。前商务部长约翰·布莱森（John Bryson）2012年6月在加州老家撞车逃逸，很快就向奥巴马打报告离任，否则公众的怒火恐怕要烧到争取连任的奥巴马头上。

部长如此，庶民亦同。我在美国的公路上经历过半小时纹丝不动的大堵车，但是没有人敢越雷池一步，走公路最右边的应急车道，那是留给交通清障车、救护车使用的，被警察逮住的后果不堪设想。在意大利等欧洲国家，我也遇到过大雪天的交通堵塞，但是没有任何一辆车去闯应急车道，半小时之内，铲雪车开到，马路很快恢复畅通，司机遵守交规换来了所有人的共赢局面。

交通执法严厉对驾驶者起到很大的震慑作用。譬如，美国有很多社区小路上没有红绿灯，不过有"停车"（Stop）的红色指示牌，在美国旅行开车时，遇到这种指示牌不要侥幸，必须要让车完全停止，等待十字路口最先到达的车辆通行后，你才可以按照先来后到的顺序依次通行。我有美国朋友没有遵守这种琐碎的交规，减速开过马路，结果被便衣警察逮个正着，罚款整整120美元，根本没有半句话的解释机会。

车只是人延伸的腿，人怎么走路，就可能按照什么心理范式来开

BUS LANE ONLY
MON. - FRI.
8:30AM - 9:15AM
3:15PM - 4:00PM
WEDNESDAY
1:00PM - 1:45PM

YIELD
TO PEDESTRIANS
IN CROSSWALK

$100 - $500
VIOLATION FINE

车。我问过很多美国人怎么看中国人最突出的优点，答案往往是为人热情，做事勤勉，会烧一手好菜。当问及中国人最突出的缺陷时，答案则是走路喜欢三五人并排挡道，说话爱大声嚷嚷。与中国人相比，美国人对行路优先权有更强烈的概念。交通规则上对各种行路优先权会详细地界定，开车右转时，必须礼让行人，否则你可能被罚款至少100美元。

美国人为何把交规这么当一回事？驾车在中美两国民众的人生历程中扮演着不同的社会角色。当代的中国人开车是伴随成家而出现的概念，许多大学生趁大四或研三的假期空当突击学车是常见的做法，置车买房是很多中国城市人结婚成家前的突击必修课，男方买房、女方嫁妆送车的例子比比皆是。美国则不同，美国年轻人开车是性格成型期的重要成长体验，是父母为孩子走向社会而倾注精力的家庭系统工程。尽管美国各州申领驾照的年龄限制不同，但是美国人申领驾照的年龄普遍较小，很多州在年满16岁之后就可以考驾照，得克萨斯州、爱达荷州等农业大州曾允许孩子14岁就可以考驾照，来自得克萨斯州的美国前总统小布什14岁拿到驾照的当年就卷入两起交通意外。在很多美国家庭，教孩子学开车是父亲体现父爱的家庭活动，颇像中国父亲教孩子学骑自行车的过程。孩子也可以在学校开设的驾驶班学开车，在弗吉尼亚州阿灵顿县的公立中学里，学校只收100美元的驾驶课学费，"驾校"老师很有可能就是你朝夕相处的体育老师，开车守规

司机右转弯要避让行人，违者罚款100至500美元

矩的观念在美国人年少时就渐渐养成。美国朋友 J. 维克·芬德伯克和很多美国父亲一样，周末带孩子去学校停车场教他们停车入位，平时让孩子在学校跟老师学开车，当女儿艾米在学校的驾驶课考试过关后，家里第二年的车险就变便宜了，当儿子塞思拿下驾照后，家里的车险变得更便宜了，全家人开车守规矩是有经济奖赏的。大多数美国人都把驾照当作放在钱夹里的身份证件使用，所以也很珍惜自己的驾车记录。

美国人素以正义感强出名，常有路见不平拔刀相助者，在美国开车，你会领略"侠义"文化。你若是轮胎爆胎又不会装备胎，在公路上肯定会有美国人愿意"救驾"；你路边停车技术不佳，可能会有人主动请缨帮你停车入位；等待停车位时，你要是胆敢"加塞儿"，让出车位的司机可能会朝你狠狠鸣笛，然后用自己的车尾护送等在最前面的车入位后才会离去；你不小心误闯进了单行道，你会听到街上所有的车都在朝你鸣喇叭，所有司机的手都在挥舞，告诉你"危险！闯进单行道了！"

除了在美国马路上开车要守规矩外，在美国的超市、剧院、机场等公共场所也要有排队意识；在网球场别人击球时不要在他们身后走动……否则一不小心，就会遭致一片美国人侧目。

在快节奏的市场经济时代，战国时代魏国信陵君"虚左以待"的雅士风范在中国略显稀有，"加塞儿"现象倒是比比皆是，根治的药方恐怕既要像美国人那样在马路上"道之以政"，也需要提倡孔子说的"齐之以礼"，战国四君子"谦而礼交"的中华传统美德需要再次强调。

在美国买酒的三次碰壁

凯伦是弗吉尼亚州北部一家知名酒庄的服务生，我和爱人品酒时向她强调，因为要开车，所以不能多喝，但是酒庄的美酒又难割舍，所以请在杯底倒上一点酒就好。凯伦听罢方寸大乱，因为明知客人要开车还给他们倒酒属于违法，不给客人倒酒又怕服务不周。

这家酒庄品酒单的背面列出十条注意事项，其中有两条是特意用黑体字注明的当地法规："外带的酒不能在酒庄喝；如果你明显喝醉，当地法律规定，我们不能再给你加酒，哪怕你是租车前来酒庄或是有代驾陪在身旁也不行，对不起，这条规定我们必须严格执行，不然就得和你说再见了！"

如果你认为整个美国都像是好莱坞大片里夜夜笙歌的花花世界，以为美国人整天都是喝得醉醺醺的，那就大错特错了，好比通过看功夫片来了解中国的美国人偏执地认为，中国人肯定都会点功夫。初到美国的我去"杏花村"打酒时遭遇了三次碰壁经历，清晰地体现出清教徒文化的清心寡欲和禁酒运动的余威仍是美国很多城市肌体中的DNA。

2010年9月刚到美国的第二天，我去住所旁的超市想买瓶葡萄酒，没料到收银员坚持要查看我的证件，以确认我是否达到美国合法饮酒的21岁。我强调自己都30岁了，无奈美国收银员只认证件不认人，我悻悻而返。

当晚，正在倒时差的我难以入睡，看书至夜里12点，想起白天的经

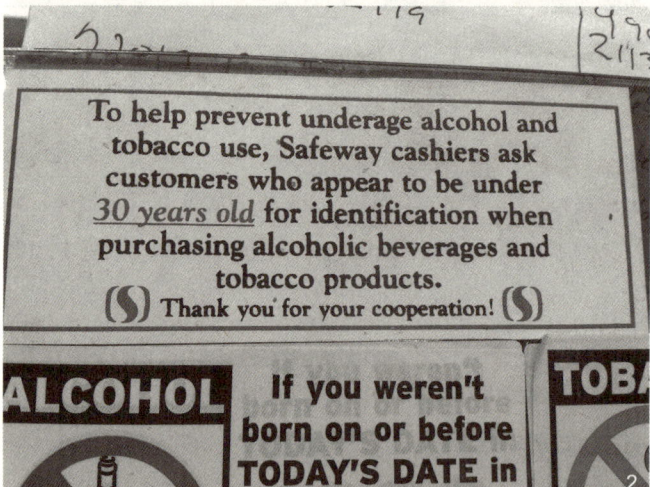

1　美国公园里常见的"禁止在此喝酒"的告示牌

2　塞夫韦连锁超市在收银台区的告示："为了避免年龄不足者
　　喝酒抽烟，收银员会让年纪看起来不到30岁的顾客买酒买
　　烟时出示证件，谢谢配合！"

3　美国弗吉尼亚州一处酒庄明确列出当地法律："对不起，外
　　带的酒不能在酒庄喝。"

SORRY:

VIRGINIA STATE LAW OUTLAWS
the consumption of any alcoholic beverage
on premises other than those sold by BOW

历感到心有不甘，带起护照和钱包，志在必得地前往这家24小时营业的超市买葡萄酒。没想到，买瓶葡萄酒这么简单的事，竟让我第二次碰壁，因为弗吉尼亚州当地法律规定，超市、售酒商店在夜里12点之后，不允许再售酒。我再次无功而返，为了买瓶葡萄酒竟然要第三趟去超市才搞定。

在美国久了，对这种现象也就习以为常了，在餐馆或是超市里，甚至有四五十岁的银发族无奈地边摇头边掏出证件配合"查户口"。没有办法，这是商家在例行公事，因为商家害怕有人举报。美国人要求在18岁之后才可抽烟，为了避免政府的罚单从天而降，塞夫韦等连锁超市在收银台区贴着一块安民告示："为了避免年龄不足者喝酒抽烟，收银员会让年纪看起来不到30岁的顾客买酒买烟时出示证件，谢谢配合！"美国人看亚洲人本来就拿不准年纪，让四十岁的中国人掏证件，你丝毫不用觉得奇怪。

美国各州在酒的法律规定上各有不同，还有比弗吉尼亚州控酒更严格的地区。2011年我和爱人在马萨诸塞州波士顿市旅行时，遭遇了买酒的第三次碰壁。一天夜里，我们想买点啤酒在酒店喝，但走遍了酒店旁的数家超市，竟然没有找到一家售酒的，打听之后才知道，在美国新英格兰地区的这座古城，超市不售酒，必须要找有专门售酒执照的商店购买，而这些商店早在不到12点就打烊了，我们只得快快而回。

在波士顿的买酒经历让我体会到美国清教徒对喝酒的节制以及十余年禁酒在美国社会肌体中留下的烙印。出生在波士顿的本杰明·富兰克林（Benjamin Franklin）是很多中国人熟悉的美国开国元勋，他出使法国多年，协助缔结标志美国独立战争结束的1783年《巴黎合约》，百元美钞正面印着他的大头像，可见在美国的地位之高。富兰克林不仅因为避雷针等发明而影响千家万户，他提出的十三美德（Thirteen Virtues）是很多美国人奉为金科玉律的处事之道，十三美德包括吃喝有度（temperance），沉默是金（silence），循规蹈矩（order），百折不挠（resolution），节俭持家（frugality），勤奋进取（industry），真诚待人（sincerity），处事公允（justice），不走极端（moderation），洁净身体（cleanliness），沉着冷静（tranquility），清心寡欲（chastity），虚怀若谷（humility）。这十三美德可以帮助你了解美国人看待酒的心态，也能帮你了解为何很多传统的美国人在法国人眼里是一群了无生活情趣的乡巴佬。

其实，美国人对酒经历了复杂的情感变化。最初乘坐"五月花号"（Mayflower）从英国来到美国的清教徒移民是带着烈酒和啤酒来到新大陆的。清教徒强调生活节制，不过他们漂洋过海来到美国是为了寻找信仰的新天地，而非是为了禁酒而来。美国开国总统乔治·华盛顿1758年在竞选弗吉尼亚州议员时，还自掏腰包买了白兰地、朗姆酒、苹果酒、啤酒、葡萄酒来答谢前来投票的选民，就像今天的美国政客会给选民送些汽车后保险杠贴画之类的小礼品，而华盛顿也如愿当选，迈出了仕途的重要一步。尽管华盛顿总统并不贪杯，但是这些不同种类的酒都是他的心爱之物。据记载，在18世纪晚期，美国的"酒仙"众多，成年人平均每年要喝掉5加仑（约18.5升）40度的烈性酒。由于美国民众不忍割舍饭前一杯酒，酒也成为新政府眼中的摇钱树，美国国会在1791年开征烈酒税，这可是美国建国后第一次对国内商品收税。烈酒税在宾夕法尼亚州、弗吉尼亚州、北卡罗来纳州等酿造威士忌这些烈酒的地区引发民众强烈抗议，1794年甚至出现7 000余名酿酒者公开抗议烈酒税的社会风波，导致华盛顿总统下令出动1.5万名士兵进行镇压，这就是史上著名的"威士忌酒叛乱"（Whiskey Insurrection）。随着19世纪初美国西进运动如火如荼地进行，美国农田面积日益增加，威士忌、朗姆酒等烈性酒的产量大增，而当时奶制品的保鲜技术尚不完善，咖啡和茶的价格又居高不下，因而烈性酒成为寻常百姓家中的日常饮品，当时的美国人甚至把稀释的朗姆酒当药酒给婴儿和病人服用，很多药店不仅卖药，也会售酒。据记载，在南北战争之前的1860年，每加仑的威士忌平均零售价大约30美分。生活在19世纪的林肯总统如是回忆："醉人的美酒人人喜爱，人人享用，婴儿降生后喝的第一口往往是酒，老人弥留之际喝的最后一口也是酒。"爱喝烈酒和酗酒现象增多也与美国的地理特征和自然禀赋有关，当时的美国葡萄酒产量不高，而中西部"粮仓"农业州盛产各类谷物，美国平民因而无法像法国人一样细品葡萄酒，而是畅饮谷类粮食蒸馏制成的威士忌等烈酒。杰弗逊总统就曾说过："在葡萄酒便宜的国家，国民肯定不会醉醺醺。"物极必反，随着一天三顿烈酒造成的家庭悲剧增多，美国从19世纪30年代开始，出现了反对饮酒的民间禁酒运动（temperance movement），这一运动迅速在美国社会积聚能量。

19世纪60年代的南北战争使得解决农奴制成为美国社会的核心议题。南北战争之后，美国社会的禁酒运动重燃火焰，而且与女权主义抬头和排斥新移民这两股重要的社会思潮形成合流。在迪奥·刘易斯（Dio Lewis）等女权主义者的带领下，反对维多利亚时期的刻板装束和向酒馆示威，成为家庭全职女性自我意识觉醒的两大利器。当时的美国酒肆之多让人咋舌，1873年，在仅有区区5 000人口的俄亥俄州希尔斯伯勒（Hillsboro）市，酒馆多达13家，另有4家饭店和4家药店售酒。当年在希尔斯伯勒等多个城市，兴起了女性禁酒十字军运动，因丈夫酗酒而饱受家庭暴力之苦的女性风雨无阻地到酒馆门口静坐祈祷，一直等到酒馆老板因为良心发现而将酒馆关张，这些血肉之躯铸成的十字军才向下一家酒馆进发。除了母亲以外，俄亥俄州一些女校的学生下课后也在酒馆前排成人墙，唱着让人酸楚的儿歌："酒保，酒保，我爸爸在里面吗？"这些女性禁酒十字军尽管遭到一些酒馆的侮辱刁难，一些当时承诺关张的酒馆后又重新开业，但这股思潮却以排江倒海之势向整个美国传递。此外，19世纪中后期，由于爱尔兰等国发生了"土豆饥荒"，大量爱喝啤酒的爱尔兰等欧洲新移民涌入美国，美国的啤酒作坊如雨后春笋般出现，使得来自英国的美国早期移民将世风日下的一部分责任推到了新移民身上。值得一提的是，成为2012年美国大选共和党副总统候选人的保罗·瑞安（Paul Ryan）是威斯康星州联邦众议员，他的祖上就是为了躲避"土豆饥荒"从爱尔兰移民到了美国波士顿，先是在铁路上干苦力，含辛茹苦地攒下钱后在威斯康星州买下一片农场，开始了他们家的"美国梦"。

当年，女性禁酒十字军走的是情感路线，但是酒馆死灰复燃凸显通过法律途径来解决酗酒痼疾的迫切性，这一法律长征走了"三级跳"。首先，经过玛丽·亨特（Mary Hunt）等社会有识之士的奔走相告，从1882年开始，佛蒙特等州开始陆续通过州立法，要求学校教导学生认识喝酒的危害。

此后，霍华德·拉塞尔（Howard Russell）设立的反酒馆联盟（Anti-Saloon League）将禁酒斗士拧成了一股绳，到了1906年，已经推动了美国30个州的地方立法，各个县或市可以自行选择是否禁酒。据《华盛顿邮报》（*The Washington Post*）报道，在1908年初的美国，三分之一的民众都生活在禁酒区。尽管酒鬼们可以从不禁酒的邻州轻而易举地用邮购的方式买到酒，但美国国会也在1913年推出反对邮购售酒的法案。

后来，禁酒阵营的影响力形成了星火燎原之势，他们的下一个目标剑指宪法修正案，力图通过美国法律框架的顶层设计来一劳永逸地解决酗酒问题，得克萨斯州的联邦议员莫里斯·谢泼德（Morris Sheppard）在这一时期扮演了禁酒行动的"旗手"，被美国人称为"禁酒之父"。年仅27岁就成为联邦众议员的谢泼德为禁酒事业奔走呼吁，他对酒的憎恶代表了当时很多人的看法："酒类贸易是社会的毒瘤，男人颤抖的手只

是握着他们虚幻的尊严，禁酒能给这个共和国带来新的稳定，给美国国旗带来新的荣光，我会为了禁酒而打拼到声嘶力竭。"在1916年的总统大选和国会选举中，禁酒派支持的议员不仅拿下了国会的参众两院，而且分别赢得了两院的三分之二多数，使得绕过反对严格禁酒的伍德罗·威尔逊（Woodrow Wilson）总统并通过宪法修正案具有了法律可能性。随着美国禁止生产、销售和运输酒类的宪法第18修正案在1920年正式生效，十余年间，喝酒开始在美国成为"地下行动"。

然而，禁酒并未带来谢泼德等人期待的社会和谐局面。无法在街头把酒言欢，使得很多美国酒民怨声载道，一些啤酒厂改装生产线生产冰激凌和牛奶，另一些酒厂已经倒闭，反而造成了暴利的私酿贩酒活动猖獗，阿尔·卡波内（Al Capone）等臭名昭著的黑帮人物控制了芝加哥等大城市的地下贩酒网络，来自加拿大和欧洲的走私酒随处可见。美国民众的生活习惯也不得不改变，因为带一瓶酒去拜访朋友的习俗已属违法。不过，根据美国宪法第18修正案，在公开场合售酒、买酒违法，但在自家客厅里悄悄喝酒并不违法，很多美国人喝酒的场所从酒馆改到了家里，美国民众在禁酒之前已经大量囤酒，而原来的酒馆现在开始出售奶酪、饼干等"下酒菜"。

家里囤积的酒喝完了又该怎么办？水来土掩，人总喜欢琢磨法律文字并钻其漏洞，美国社会上也开始出现各种怪异现象。医生在开处方药的时候可以开酒精这一项，一些医生和病人串通，加大开药剂量，病患回家再把"医用酒精"转为"民用酒精"使用。神父可以给自己的信

美国弗吉尼亚州酒类管理局指定的一处售酒商店

徒赏口酒喝，一些神父的信徒瞬间陡增，一些神父索性干起了贩酒的买卖。一些餐馆把送一口稀缺的酒作为招徕顾客的手段。尽管公开饮酒违法，但当年美国地下酒馆、夜总会的生意却火爆异常；在美国东部，这样的酒肆选择低调经营，人称"低声说话酒馆"（speakeasy），意思是闷声喝酒，不要把警察给招来；美国中西部地下酒馆的名号则更有乡野味道，叫做"瞎猪"（blind pig），这是规避执法人员的生意伎俩，来到酒馆的客官拍下银两，酒馆老板会让来客欣赏各种表演，甚至可能只是牵来一头猪让客人过目，表演只是幌子，关键是要给客官一口酒喝，实属典型的"挂猪头、卖烈酒"的做法，地下酒馆老板也会用金钱从警察处换取"保护伞"。因为宪法修正案的实施细则《沃尔斯特德法案》（Volstead Act）将出售所有酒精度超过半度的酒视作违法，市面上就出现了酒精度不到半度的"合法啤酒"，地下酒馆的老板买进这些合法啤酒，然后往里兑医用酒精，制造非法啤酒。在身上夹带各种形状的酒壶成为时尚，有女士甚至把酒壶藏在长袜之中。在1921年入主白宫的沃伦·哈丁（Warren Harding）总统任内，人称白宫里的酒和华盛顿的波多马克河里的水一样多。极具讽刺意味的是，"禁酒之父"谢泼德的家里人都被查出在大规模私酿威士忌。这些都是和宪法第18修正案背道而驰的结果，也表明大多数美国人并不把禁酒当一回事。阿尔·卡波内在1927年就公开宣称："我是违反了禁酒法，谁又没违反呢？"

水能载舟，亦能覆舟。民意风向标的变化，再加上工会组织的支持，使废除宪法第18修正案具有了现实的可能性。高喊应对大萧条和结束禁酒的口号，富兰克林·罗斯福（Franklin Roosevelt）总统在1933年入主白宫，并于当年签署宪法第21修正案，将宪法第18修正案废除，美国"酒民"重获光明正大喝酒的自由。在过去两百多年中，1787年在费城召开的美国制宪会议上诞生的美国宪法逐渐加入了"附录式"的27条宪法修正案，但是互相掐架的只有两条，那就是禁酒和废除禁酒这两条。

宪法第18修正案的失败不难理解，因为反对酗酒应当是一种自内向外的人生修炼，影响西方精神数千年的古希腊哲学家亚里士多德主张"中道即为美"（nothing too much），酒应当喝到哪个度上，其实是一个相对概念，而一刀切的、生硬的、脱离现实的宪法第18修正案经不起人性的检验，通过立法不让贩酒容易，让人不喝酒则难。不过，美国硬性的联邦禁酒令已经取消，各州的法律对酒的管制依旧比19世纪更严厉，密西西比州在1966年之前依旧禁酒，禁酒运动也在民众心中留下"软保险杠"，加上从上世纪30年代以来，广播、电视、电影、高尔夫等各种娱乐方式逐渐抢走了酒馆的"粉丝团"，美国民众人均饮酒量直到20世纪70年代才赶上20年代禁酒前的水平。

入乡随俗，当前美国各地关于酒的法规很多，你不要觉得不耐烦。例如在盛产美酒的弗吉尼亚州北部品尝葡萄酒，不要嫌酒庄老板小气，他们只会给你的杯底倒上一丁点酒。好客的弗吉尼亚酒庄主人是不敢越雷池半步，因为当地的法律规定，每次给你倒一种酒品尝时，杯中的酒不能超过一盎司，也就是只有大约半两酒。你在弗吉尼亚州一些规矩经营的餐馆网站上可能会看到此类信息："根据当地的法律规定，我们不允许将酒水特价时段（Happy Hour）的酒水单放在网站上，特此抱歉！"你想要在美国公园里举办一个慈善酒会，甭以为搞定了公园管理方、各路嘉宾就可以高枕无忧了，不要忘了还得向当地的酒类管理局（Alcoholic Beverage Control）申请"活动用酒牌照"（event license），在弗吉尼亚州你需要缴纳55美元一天的牌照使用费。

尽管美国人在酒吧喝完酒上街开车者绝对有之，不到法定饮酒年龄喝酒者也绝对有之，敢在公共场合偷喝酒者也绝对有之，可一旦被抓，后果自负。在一些治安不好的地区，警察忙于处理杀人行凶等恶性案件，你在街头喝酒警察可能懒得管你，但在很多治安良好的大都市，你最好还是不要逞这种能。2012年6月4日，影星布鲁斯·威利斯（Bruce Willis）和黛米·摩尔（Demi Moore）之女斯考黛·威利斯（Scout Willis）在纽约市被警方拘留，理由是这位在布朗大学就读的学生在公共场所喝酒，20岁的这位名媛也没有达到21岁的法定饮酒年龄，而且胆大包天地向盘查的警察出示假证件，最后在牢房里蹲了一宿后才得以释放。2012年8月5日，美国南达科他州警方逮捕了一对触犯多条法律的酒驾父子，这个农业州的法定最小驾车年龄为14岁，结果这天深夜，一位14岁的孩子在公路上醉酒驾驶被警察拦下，他显然没达到美国的法定饮酒年龄，而副驾驶座位上是他烂醉如泥的父亲，让这对父子罪加一等的是，车里竟然还有打开盖而没喝完的酒。美国人容易因为酒而产生"自我认知落差"，南达科他州的小伙子开了七年车之后才能像成人一样饮酒，但是任何手握方向盘的小伙子都会默认自己已经是个成人了，七年是多么漫长难挨的一段等待时光。

在美国，你也会逐渐摸索到一些喝酒之道。你可以把超市买的酒放在车的副驾驶座上，但是要确保酒盖密闭，一旦把酒瓶打开并被警察逮住，麻烦就来了。很多人都爱在有绿树花草环抱的野外畅饮啤酒，但是在美国可不行，你要是在公园里喝酒被举报，会吃不了兜着走，所以有很多美国人会坐在家门口的台阶上喝酒，这是合法的底线，一旦出了你家院子的大门，你就犯法了。兵来将挡，美国有人把酒装在不透明的杯子里或是用衣服把酒瓶包裹得严严实实，然后在公园里喝酒，前提是不要被警察发现。2011年7月4日的独立日华府烟火节上，主办方贴出告示提醒"不要自作聪明地用不透明的瓶子把酒带到公共场合来喝"，而在2012年独立日华府烟火节上，警察更是逐一仔细查包。

中美两国除了关于酒的法律规定大不相同，两国人的酒桌文化也存在鸿沟般的差异。几位美国商界的朋友跟我谈起过他们的疑惑："在中国做生意，大家在酒桌上都喝高了，还怎么谈生意？"我解释说，在美国，劝客人多饮酒可能是违法的事，在中国，不劝客人喝酒是有失礼数的事。中国文化强调克己复礼，注重待客之道，在中国劝酒的习惯让西方人颇为不解，觥筹交错让只在吃饭开头有祝酒词的西方人感到局促。2011年5月3日，美国财政部长蒂莫西·盖特纳（Timothy Geithner）在美中贸易全国委员会举办的一个座谈会上发表关于中美经贸往来的讲话，当这位"中国通"部长解答听众提问时，一位美国企业家的发问将在场所有人逗笑，这位不习惯中国交际方式的美国企业家带着愠怒向盖特纳诉苦："为什么和中国人做生意，非得要会喝白酒而且会打麻将？"

美国人坐在家门口的台阶上喝酒，
这是打法律擦边球的美式做法

献血，只奖励电影票

"献血，没有奖金，也没有带薪休假，连一顿热乎乎的早餐也没有，奖赏只有一张电影票。要来献血，最好请提前预订，电话或电子邮件均可。切记，不要忘带身份证件。我们为能帮助其他生命而感到荣幸。"

这就是美国街头传单上列出的献血"社会价格"。你在美国很容易碰到有人愿意做好事，各地的报纸都会列出志愿者活动机会（volunteer opportunities），志愿者工作的种类五花八门，甚至是你闻所未闻的，在超市门口给低收入家庭募集食品，去菜园割菜送给有需要的家庭，在红酒节上倒酒，给过路人提供"大碗茶"式的柠檬水并为穷人筹款，把农夫市场上卖不出去的菜蔬运上卡车送往老人之家……英国前首相托尼·布莱尔（Tony Blair）观察指出，与其他国家的民众相比，美国人有着特别强烈的社区精神和公益心。

公益心和互助精神在美国根深叶茂，与美国建国的历史形成有很深的渊源。1620年的严冬，乘坐"五月花号"的清教徒移民在狂风巨浪之中，没能达到目的地哈德逊河谷，而是被迫在今天的马萨诸塞州普利茅斯（Plymouth）登陆。倘若没有互助和社区精神，百余名乘客和船员早在风雪、野兽、饥饿的威胁下彻底消亡，而不是仅仅只有一半的登陆者死去。如果说早期移民是因为语言和家庭的纽带形成了互助社区，那么后来的移民是因为"美国梦"加入了这个社区并很有默契地"入乡随俗"了。

美国精神到底是什么？这是个见仁见智的问题，建国之父本杰明·富兰克林列出了美国精神的几大支柱——节俭、勤奋、教育、自治、社区精神、启蒙主义。在如今的美国，为社区做善事不是巴菲特等富人的专属，绝非发达才可兼济天下，这是很多人参与的事，尤其是在危机时刻，你会感受到美国的互助精神无处不在。

　　"我能借用你桌边的两个空座位吗？我的两个孩子要吃东西，没地方坐。"

　　"完全没问题。你把我的座位也坐了吧！真的没关系！"

　　这是2012年7月1日发生在弗吉尼亚州一家巴诺书店咖啡区的对话，对话者是一位母亲和一位陌生人。6月30日，美国东部出现罕见的暴风雨，波及弗吉尼亚、马里兰、西弗吉尼亚等九个州，导致大面积停电并且造成多人遇难。祸不单行，那些天热浪袭人，根据美国海洋和大气管理局（NOAA）公布的数据，在6月25日至7月1日，美国共有华盛顿等2 171个城市打破了历史高温纪录，弗吉尼亚、马里兰等州当时的气温都接近40摄氏度。由于在7月1日很多商场和居民区的电力供应尚未恢复，因而找个能在空调房里上网、休息的座位金贵无比，美国街头又没有网吧，巴诺书店和星巴克咖啡店就变得一座难求。上面的那位年轻人慷慨地让出了自己的整个桌子给带着两个孩子的母亲。

　　这种可贵的互助行为时时在美国上演："你不妨去邻居家探望一下，看看他们有没有空调，可不可以洗澡，要是他们遇到困难，你应该让出自家的空调和浴室……要是你们整个社区都没电的话，可以去华盛顿城里的史密森尼（Smithsonian）博物馆，那里有空调，千万别中暑。"这是当地调频FM91.9的广播主持人的温馨男中音。马路上很多地段的红绿灯因为断电而"下岗"，但是车辆进退有序，大家互相让路；为了避免某些地段出现交通意外，路口设置了交通隔离桩，有路人主动停车"上岗"，把被风刮倒的隔离桩扶起。

公益精神融入了美国人的生活甚至娱乐，使得一些欧洲舶来品呈现出有趣的美利坚特色。弗吉尼亚州的"橡木桶酒庄"（Barrel Oak Winery）是一个从2008年才对外营业的年轻酒庄，酒庄老板布赖恩·勒德（Brian Roeder）自封为"首席洗杯师"，他爱人莎伦·勒德（Sharon Roeder）的封号则是"首席葡萄种植师"。夫妻俩每卖出一瓶酒，都会捐上两美元给一个叫"拯救和驯养金毛寻回犬"的动物慈善组织，因为这对夫妻的金毛寻回犬去世后让他们伤心至极，所以借这种方式来怀念爱犬。和欧洲酒庄宁静、高贵的气质不同，这个酒庄主打人犬元素混搭牌，品酒者欢声笑语分贝极高，野餐者享用着自家午餐篮里的各色食品，各家的爱犬欢腾自在，调酒师的柜台上甚至还有卖爱犬零食的。

根深方能叶茂，公益精神的普及离不开社会激励机制的滋润。中国学生的假期课余时间多用于补习功课或是参加各种技能培训班，美国孩子除了玩乐之外，往往会在家长或是老师的鼓励下，去参加社区公益劳动。尽管孩子们能做的公益劳动通常只是在图书馆整理图书等简单工作，但是在孩子的性格成型期，这种良性社会氛围的熏陶有助于给孩子的性格种下善因。中国学生在申请美国大学的简历上，往往会大书特书

美国弗吉尼亚州"橡木桶酒庄"里人犬元素混搭

1 美国弗吉尼亚州"橡木桶酒庄"的
  调酒师柜台上可以买到爱犬零食

2 美国弗吉尼亚州"橡木桶酒庄"里
  人犬元素混搭

自己当学生会主席、班长的经历，甚至给有些美国人造成几乎所有中国申请者都是"三道杠"的印象，但是中国学生的一个弱项是没有丰富的公益劳动经历，似乎"三道杠"们把所有的时间都用在图名谋利上了。美国的高中生会告诉自己学弟学妹，公益劳动也是美国大学录取时重视的一环，要想进入名校，最好一年能做上两三百小时的义工，而且要连续做上几年，这样的简历才能给美国名校留下深刻印象。中国学生申请美国名校时，往往会用心打磨自己的推荐信，拼尽全力考出美国人都望尘莫及的托福和GRE高分，但很少想过公益劳动也是进入美国名校的一个加分项。

美国参与公益劳动的不仅有学生，也有许多上班族，很多老人也将参与公益劳动当成安享晚年的一种方式，参与公益劳动的老人也在美国社会得到了应有的尊重。在多年罕见的暴风雨导致大华府地区五人不幸遇难之后，2012年7月4日的《华盛顿邮报》用了很大篇幅来介绍一位遇难老人的公益劳动经历："71岁的洛蕾塔·克鲁克（Loretta Krouk）早年在律所做秘书，退休后一直很忙碌，在一家老年活动中心和一家书店做义工。作为一个书迷，她尤其喜欢悬疑和俄罗斯历史类书籍。当地警方称，克鲁克周五晚不幸去世，狂风刮断了院子里的一棵枫树，枫树断枝砸进她家中……"

在美国，做公益者可能像洛蕾塔这样成为社会的涓涓善流，也有可能成为担当重任的社会中坚。美国开国总统华盛顿的故居弗农山庄是很多中国游客的向往之地，但是你可能想不到打理这几千英亩的故居没有花过纳税人一分钱，而是弗农山庄女性协会（Mount Vernon Ladies' Association）这个自愿者组织多年来在悉心维护。弗农山庄女性协会是全美历史最悠久的历史文物保护"草根"组织，1853年由出生在南卡罗来纳州的安·坎宁安（Ann Cunningham）创立。安·坎宁安的母亲来到波多马克河畔"朝圣"时，发现开国元勋华盛顿的故居已成为一处杂

草丛生的宅院，她惊愕万分，痛心地给女儿写信："我感到心情沉重。如果这个国家的男人弃这处故居于不顾，这个国家的女人为什么不能把它给照料好？这种面貌的故居是整个国家的污点。"受母亲的激励，安·坎宁安在当年就成立了这个组织，筹款从华盛顿总统的后人那买下了故居，并在1860年将修缮一新的华盛顿故居重新向公众开放至今，每年接待来自全球的上百万游客。

2012年8月30日是美国共和党全国代表大会的高潮，因为米特·罗姆尼（Mitt Romney）要正式接受总统候选人提名并发表讲话。民主党力图把罗姆尼塑造成"奸商"，罗姆尼则要努力扭转这一形象。在罗姆尼讲话前，他的多位朋友和邻居介绍了生活中平凡的罗姆尼，他们讲话的主题是一致的——罗姆尼是个热心公益事业、关心社区的美国人。同有心理阴影的邻居聊天，在百忙中抽空探望生病的孩子，帮躺在病床上的孩子写遗嘱……美国人最爱听成功者背后鲜为人知的平凡故事，这些点滴细节赚足了美国人的眼泪。

美国的建国历史只有两百多年，但是美国很多居民社区的历史已经长达数百年，甚至比美国建国的历史都要久远。一些美国社区的居民委员会主席为大伙不拿报酬地服务了数十年。在城市化高度发达的美国，社区里的邻里能够报出其他邻居的名字，互相照顾邻家的小孩和邻院的花草。对于不知对门邻居姓甚名谁的中国大城市人而言，这是一种久违而让人羡慕的生活状态。

美国马里兰州首府安纳波利斯城里的"古装"老年志愿者给游客介绍老城历史

"对不起，这里没有包间！"

　　我和几位国内的友人一起吃饭，找了弗吉尼亚州一家知名的中餐馆，几位风尘仆仆的友人和我见面说的第一句话是："我们想找个包间，真遗憾，这里没包间！"

　　友人的歉意带有十足的中国诚意。不仅是在这家可以容纳数百人用餐的餐厅没有包间，全美国的中餐馆和西餐厅有包间的都不多。总统会在白宫同副总统在私人餐厅用餐，一些公司巨擘在企业拥有高管用餐区，部分餐厅会在大堂隔出一块不带屏风隔离的家庭就餐区，但即便是在菜品地道的美国中餐馆，也难以推广中式"包间文化"，因为美国人对平等精神和透明度的要求远高于中国人。

　　中国人会在美国遭遇没有包间的尴尬，美国人在中国也可能遭遇"包间文化"不适应症。数年前，在美国一家跨国企业担任高管的朋友埃里克在北京与客户吃饭，我担任翻译，酒过三巡后埃里克想要用洗手间，他根本没有想到中国的包间除了有卡拉OK之外，还有奢华的洗手间。埃里克起身就推门而出，我都来不及拉住他。桌上的中国东道主和不懂英文的服务生顿时有些发懵，认为是自己礼数不周没有招待好美国贵宾。当双方弄清是洗手间"惹得祸"时，宾主会心大笑。

　　法国人亚历克西·德·托克维尔（Alexis de Tocqueville）在1831年游历美国九个月之后写出了《美国民主》（*Democracy in America*）。在这本力透纸背的作品中，托克维尔指出，观察美国很多社会和文化的现象，归根溯源都要归结于美国大地上的平等精神；美国是世界上唯一一个能从社会现状看到国家起源演化足迹的国家，在最先来到这片土地的欧洲移民中，没人会觉得自己比别人优越，贫穷和艰辛的生活境况是最能确保人与人之间平等关系的准绳。

最初来到美利坚的"五月花号"上的移民吃着人人均等的简单配餐，这些抛弃了故乡安乐窝的英国人在海上靠讲故事和打牌来打发时间并互相鼓励，这些原本干着厨师、鞋匠等寻常职业的移民大多没有显赫的身世。美国没有沿袭英国的爵位，不存在印度的种姓制度，没有走丹麦等国的君主立宪制道路，土地所有权与个人身份无关，大多数拖家带口的新移民都品尝过筚路蓝缕的艰辛，没人拥有可以不劳而获的特权。在美国最早出现的自治村镇里，民众都可以发表关于税收等重要议题的看法，都有成为法庭陪审团成员的权利，这些惯例沿袭至今。美国社会自最初成型以来，不仅重视财富分配的平等，更注重民众智力和对社会议题参与权的平等，这种社会平等的深度和广度要超越英国。美国当前有50个州，但是准确地说，弗吉尼亚、宾夕法尼亚、马萨诸塞、肯塔基四个州的英文用的不是大家熟悉的"州"（state）一词，这四个历史悠久的州仍然保留了民众共商大事的"民主联邦"（commonwealth）的用法。

贵为总统的奥巴马是一个铁杆高尔夫球迷，通过与奥巴马打球的人员构成可以了解美国社会平等的彻底性。虽然偶尔也有社会名流与总统打球，但是大多数时候，打球的四人组里的其他三人总是些名不见经传的人物。2012年6月24日是一个艳阳高照的周日，奥巴马出宫去弗吉尼亚州贝尔沃堡（Fort Belvoir）打高尔夫球，另外三人是白宫"御膳房"厨师萨姆·卡斯（Sam Kass）、白宫雇员迈克·布拉什（Mike Brush）、白宫负责总统出行事务的助理马文·尼科尔森（Marvin Nicholson）。若以中国视角来观察，这是有点乱了层次的搭配。

美国不流行"包间文化"的另一个原因在于务实的美国人并不把吃太当一回事，很多美国人在为抽象的某种信念而活着。地球上对吃饭比较讲究的中国、法国、意大利等国拥有一些共性，包括历史悠久，社会礼仪复杂，民众在园艺等生活细节上用尽工巧之心。在美国请国内来的朋友吃饭是让我头疼的事，美国能找到的最好中餐馆与国内相比也只能算是环境普通，而且不一定能买到高端白酒，美国的餐馆难以让亲友大快朵颐。

我在美国住所附近有一家"雷氏地狱汉堡馆"（Ray's Hell Burger），奥巴马担任联邦参议员时常来此吃汉堡，2010年6月24日中午，奥巴马总统请时任俄罗斯总统的梅德维杰夫来此"国宴"，这家汉堡馆因此声名大噪，天天座无虚席。这家餐馆是典型的美式平民餐馆，用餐者需要自己到柜台点餐，因此不用给小费，俄美两国元首脱掉西服，亲自来到柜台点餐，奥巴马要的是美国人酷爱的牛肉乳酪汉堡（cheeseburger）和一瓶凉茶，梅德维杰夫要了三明治和可乐，两位总统共享了一份薯条，当日用餐的总花费不超过30美元。2011年，我有几位中国朋友来华盛顿，为了选择用餐地点而大伤脑筋，最后决定带他们去"雷氏地狱汉堡馆"品尝美国风味。我和爱人提前将近一个小时在餐馆等座，总算在生意火爆的露台区占领了一张大桌子。朋友到后，发现是在餐厅外吃饭，感到不太自在，吃完后，一位朋友不甘地说："下次，你会请我们吃好的吧！"而奥巴马请梅德维杰夫举行"汉堡峰会"时，是特意挑选了他最中意的餐馆。

奥巴马在白宫的岁月是操心的几年，但是他也不忘忙中作乐，采用"午餐峰会"等形式来与民主党和共和党高层共商国是。2012年5月16日，为了敦促国会采取举措刺激美国经济，奥巴马邀请国会山"四大金刚"来白宫举行"三明治峰会"。国会众议长约翰·博纳（John Boehner）、民主党在众议院的少数党领袖南希·佩洛西（Nancy Pelosi）、民主党在参议院的多数党领袖哈里·里德（Harry Reid）、共和党在参议院的少数党领袖米奇·麦康奈尔（Mitch McConnell）与奥巴马边吃边谈工作，这顿"高端"午餐的吃食在中国人看来，简单的就像从街边的煎饼摊买了几个煎饼而已，因为中饭是从城里一家名叫"泰勒美食馆"（Taylor Gourmet）买来的三明治，这家食客众多的餐馆里所有的中号三明治售价均为7.1美元。

如果认为美国社会没有因为财富而造成高低贵贱之分，这种想法过于理想化。"面子"的概念在美国一样存在，只是没有中国那么普遍，而美国"面子"的表达方式也与中国不同，巴菲特等富豪买私人飞机与身旁亲友的劝说和攀比有关。很多美国人认为，私人飞机和私家游艇是美国平民和富豪阶层之间拉开财富差距的分水岭，而美国人在吃饭、穿衣上拉开的差距不大，富豪在私人飞机上可能还是在啃三明治。

丹尼丝·基尔南（Denise Kiernan）和约瑟夫·德阿涅塞（Joseph D'Agnese）在畅销书《每个美国人该了解的东西》（*Stuff Every American Should Know*）中列出了美国人创造的十种食品，包括红丝绒蛋糕（velvet cake）、玉米热狗卷（corn dog）、干酪牛肉三明治（cheesesteak）、布法罗鸡翅（buffalo chicken wings）、肉丁三明治（spiedies）、巧克力豆甜饼（Toll House cookies）、玉米楂糖浆面包（Anadama bread）、伴随19世纪50年代美国西部修铁路的华工到来而出现的炒面（chow mein）、蔬菜果仁沙拉（Waldorf salad）等几种沙拉、乳酪焗生蚝（Oysters Bienville）。炒面是否为美国首创让人心中

入夜时分，奥巴马光临过的"雷氏地狱汉堡馆"生意火爆

存疑，不过和中国八大菜系的美味珍馐不同，这十种美国饮食国粹里没有一种算得上是高贵食品，价格基本都在十美元之内。

美国人吃得实在，中国人在吃上重视面子，有城里人会打肿脸充胖子请亲友下馆子，有农村人为争八仙桌上的座次而反目成仇，这类中国文化现象翻译成英文后，美国民众会听不懂。中国一些餐厅会挂着某某名人在此用餐后与老板的合影，此类做法在美国会显得格格不入。"名人效应"在美国一样存在，但是美国餐厅悬挂此类照片的显摆做法并不多见，在强调个人主义和个性体验的美国，批评名人是美国人爱干的事，复制名人不是美国人的性格。要有中国餐馆想来美国开分店，没必要费尽心思地营造豪华包间，也不用搬出这种照片吸引人，以免在不同文化背景下弄巧成拙，而挂在大门口的菜单价格不能高得离谱，以免吓跑了不把吃饭太当回事的美国人。

公蟹和母蟹

你若和美国人讲，中国的母蟹卖得比公蟹贵，他们可能会认为你在骗他，因为在美国的很多海鲜餐馆，母蟹是上不了厅堂之物，在海鲜市场上母蟹的卖价要比公蟹便宜得多。除了南卡罗来纳州的一些餐馆供应传统的母蟹海鲜浓汤外，没怎么听说美国人愿意吃母蟹的，他们怕母蟹的蟹黄弄脏自己的双手和衣服，可蟹黄饱满的母蟹则是很多中国人的最爱。记得我去北京的水产市场挑蟹时，会听从朋友的建议带上手电筒前往，用手电光来"检测"蟹黄是否饱满，此等举动若在美国人看来，像是天外来客的怪诞做法。在美国海鲜市场上，美国人买公蟹吃，中国人

大名鼎鼎的美国切萨皮克湾蓝蟹，母蟹的蟹黄丰满、味道鲜美，但是价格要比公蟹便宜得多

买母蟹吃，各取所需。在吃螃蟹的问题上，爱吃母蟹的中国人和爱吃公蟹的美国人超级互补，如果处理任何其他问题都能像吃螃蟹这样，那么中美两个国家就不会有冲突了。反而言之，送美国人最失败的中国名优特产除了西湖龙井之外，当属送他们上好的阳澄湖母大闸蟹了，多数美国人只习惯喝袋装的茶，也更偏爱公蟹。

从吃饭到喝水再到吃相，中国人和美国人的习惯都有着天壤之别。很多中国人夏天喜欢喝热茶，美国人冬天也要喝冰水；很多中国人爱喝鱼头汤，上清蒸鱼的时候会把鱼头正对贵宾，这会把不吃鱼头的美国人吓个半死；很多中国人爱啃鸡爪，美国人不吃这玩意儿，大量的鸡爪专供中国出口，2009年美国出口到中国的鸡爪价值高达2.78亿美元；中国人喜欢喝牛肉面里的汤，再好的面汤在美国人眼里都是累赘，没有面汤的干面才方便入口，中国人会让面点师傅多给一勺汤，美国人会请面点师傅不要加汤；如今，很少有美国人吃动物内脏，所以不要请他们吃老北京的大碗卤煮；美国人认为喝汤不发出声音才是有教养，在中国一些地区，喝汤时要发出声响，才能表达对主人的赞许，这种习俗会让美国人忍俊不禁，端起汤但不知道该怎么喝了……

民以食为天，但中美两国人一天三顿饭很难吃得拢。和丰盛的欧陆式早餐（continental breakfast）不同，美式早餐通常只有果汁、麦片、面包、咖啡而已。上班高峰时你会发现很多美国人左手一杯星巴克咖啡，右手一小块糕点。对于很多美国的上班族，一杯咖啡加一块点心就是一顿饭，星巴克咖啡店的经营业绩甚至成为美国经济脉搏的"用电表"。不论是在建筑工地上，还是在国会的听证会上，抑或在严肃的外交谈判场合，你都会见到美国人用这样的方式解决早餐。美国人在机场的星巴克咖啡店里就可以解决一顿饭，中国人可能会在机场里到处找盒饭和拉面。2011年5月26日早上，我在美国国会参议院办公楼的电梯口等待前来出席驻华大使提名听证会的骆家辉时，就差点与刚出电梯并往垃圾箱扔咖啡杯的骆家辉相撞。

讲究"中餐吃得饱"的中国人和美国人在吃中饭时又会发生文化冲突。你在美国街头会经常见到男士拎着午餐盒去上班，两片面包加点蔬菜和乳酪片，就是太太给做的一顿中饭。我曾请世界银行的一位美籍朋友吃饭，我俩只是在世行旁的中餐厅要了三菜一汤，却把这位朋友给感动得几乎热泪盈眶。理由很简单，他两年来都在自己的办公桌前吃三明治，这是他七百多天以来第一次吃热乎乎的饭菜。不是因为吃不起，而是因为美国人实在没有这个习惯，很多美国机构的午餐休息只有一小时左右，从时间成本上考虑，中国人邀上三五同事，点上四菜一汤，边吃边聊的做法太过奢侈。

美国上班族在办公楼外的树荫下草草解决午餐

中国人养生讲究"晚餐吃得少"，吃晚饭时又有可能和美国人掐架。在美国的很多餐馆，如果中餐的牛排卖20美元一份，晚餐卖到30美元一份丝毫都不奇怪，这体现了正常的供需关系。美欧人士把晚餐当作正餐，是与家人和友人沟通的重要时光。有些美国人喜欢饭前先喝一杯，有些美国人喜欢饭前抽根雪茄，如果吃得讲究的话，前菜、正菜、甜点一道接着一道，甚至各道菜都要搭配适合的葡萄酒。"几杯葡萄酒下肚，我都喝饱了。"在欧美旅行的中国商务人士常有此类诉苦。"除了牛排，就是三文鱼，要不就是意大利面，或是比萨，一周下来，我都吃腻了。"这是中国商务人士常有的另一番苦恼。

由俭入奢易，美国人到了中国，是到了饮食天堂，羊肉串、涮羊肉、烤鸭、宫保鸡丁、驴打滚、麻辣花生都是很多美国游客念念不忘的美食，中国美食和糕点是美国游客馈赠亲友的佳品。由奢入俭难，中国人到美国旅行，吃饭就是一件头疼的事。在中国游客的行李箱里，常会见到方便面、榨菜和卤蛋。

知己知彼，百战不殆。若想当好美国人的中国东道主，要先了解他们的胃，把上等的明前绿茶改为普通的菊花茶，美国人的味蕾品不出来明前茶有多好，不要白花银两，茶叶进嘴里后，会让他们无所适从；不要上鱼翅、甲鱼这些让他们反胃的东西，上些中美两国人都爱吃的拍黄瓜、酱牛肉、花生米、宫保鸡丁等简单吃食，再上一两道烤鸭、肉夹馍等地方美食，大多数美国人都会满意而归。对了，好客的中国主人不要忘了事先提醒美国人，今天的中饭是四个凉菜、八个热菜，在中国"涉世不深"的美国人想不到中餐会上十多道菜，他们可能把自己的胃在上冷盘时就填饱了，热菜再好，美国人也无福消受了。

啤酒王国

"四道菜的美餐，每道菜都有相搭配的啤酒，人均55美元，请君品尝。"你没有看错，这家华府知名餐馆力推的美食伴侣不是葡萄酒，而是啤酒。这丝毫不奇怪，你不是在法国，而是在美国。

如果要用民众喜欢的酒来给国家冠名的话，中国可以算是白酒王国，白酒种类五花八门，有些只喝清香型白酒的酒民不喝酱香型白酒。法国算是葡萄酒王国，世界各地新一代酒庄的创始人往往会去法国波尔多"朝圣"。日本是清酒王国，下班后到居酒屋要上一盅酒，就着小食与同事把酒聊天，是很多日本人享受的休闲方式。美国则算是啤酒王国，各地都能找到专门品尝各式啤酒的酒吧和餐馆，全美的啤酒厂超过1 700个，家庭啤酒作坊更是数不胜数，一个美国人平均每年要喝掉大约76公升啤酒。"我醉君复乐，陶然共忘机"，酒作为人际交往润滑剂的社会功能在各国相似，但是各国民众偏爱的酒折射出国民的不同气质。

泡沫欢腾的啤酒是年轻的。啤酒不像白酒，啤酒不讲究陈酿，十年陈酿的概念在美国这个年轻的国度不吃香。年轻的好处是没有太多包袱，不用太在意别人的眼光，率性洒脱比繁文缛节更实用，中国人愿意和美国人说自己上下五千年的历史，美国人喜欢谈未来五年的路怎么走。数年前我在丹麦旅行时遇到这样一段经历：友人带我们去看露天歌剧演出，刚到丹麦第一天我很想尝尝本土的嘉士伯（Carlsberg）牌啤酒，就从超市买了几瓶啤酒带上前往，等我们在草地上坐下边喝啤酒边

在美国波士顿红袜棒球队主场旁知名的啤酒工坊,
可以品尝到各种新酿的啤酒

听歌剧时，发现周边有很多人在侧眼打量我们。我问朋友到底何故？朋友答说，问题可能出在酒上。我仔细观察周边的丹麦人，发现清一色地带着野餐包、葡萄酒杯或香槟杯，就着歌剧慢慢品尝红酒或香槟，我们此等特立独行的美式喝法岂不让人侧目。在这个历史悠久的欧洲国度，你想喝啤酒也得考虑喝酒的环境，不要破坏了风景和别人品酒的心情。而在美国，我仔细观察过葡萄酒品酒会上美国人的喝相，把葡萄酒当啤酒一样畅饮的大有人在，品酒会上的背景音乐可能是美国乡村音乐，也有可能是摇滚乐，或是交响乐，美国人不会太介意。

啤酒的价格有高有低，但是没有让人喝不起的啤酒，啤酒和大多数美国人一样是没有架子的，美国可以算是世上最容易交朋友的国度之一，美国人普遍不喜欢爱摆谱的人。你在法国街头向人问路，法国人可能会警觉地打量你这个外来客；你在美国街头问路，很有可能会与对方聊得很投机。提起高尔夫球场，你脑海中闪现的第一个画面会是什么？我脑海中有一组强烈的视觉反差，在中国高尔夫球场的会员休息区，常有业务推销员围着会员介绍进口红酒、钻石等昂贵商品；但在美国高尔夫球场的会员休息区，你会见到三三两两坐在一起喝啤酒、吃薯条的球友，推销钻石则像是天方夜谭。啤酒和高尔夫球，啤酒和牛排，这些在中国人和西欧人看来暴殄天物的搭配，在美国人看来却显得融洽自然。

啤酒在不经意间也透露了美国的移民构成。大量来自英国、爱尔兰、德国的新老移民都是啤酒迷，随着移民的不断到来，各种啤酒工坊和品牌也如雨后春笋般涌现，父子喝着啤酒谈心成为温馨的美利坚家庭画面，具有故土特色的啤酒也寄托了移民的思乡之情。2012年8月11日，美国共和党总统候选人米特·罗姆尼宣布威斯康星州联邦众议员保罗·瑞安为其竞选搭档。瑞安父亲的祖上来自爱尔兰，瑞安母亲的祖上来自德国和英国，这三个国家的搭配自然使得这位美国政治明星酷爱啤酒。得到提名时，知名度还不算太高的瑞安把自己描述成一个顾家的美国男人，他的关键词就是威斯康星州当地的啤酒品牌——"我的血液里流淌着乳酪、烤香肠、花斑牛牌（Spotted Cow）啤酒和雷纳库格牌（Leinenkugel's）啤酒。"

作为摩门教徒的罗姆尼是不喝酒的，有美国人感伤，罗姆尼不喝啤酒，该怎么和他谈事呢？有人开玩笑说，罗姆尼选择瑞安作为搭档，除了看中他的经济政策经验，更是看中了他的酒量，瑞安可以帮罗姆尼挡酒，有事可以找瑞安去酒馆谈。

要想真实了解美国人的"啤酒性格"，你应当在美国看一次橄榄球比赛。英国人会因为斯诺克台球而着迷，中国人会因为羽毛球而痴迷，美国人则会因为橄榄球而疯狂。若是在斯诺克台球选手瞄球或是羽毛球选手发球时喧哗，会被指责为"观众没有素质"，因为这会影响场上选手的发挥。然而，在看橄榄球比赛时，数万美国人除了大口喝啤酒之外，也在用欢呼声将现场气氛变得沸腾，球场大屏幕上经常打出"声音再大些"的口号。勇往向前、团队合作、绝不言弃，橄榄球的这些精神元素都与美国的国民性格吻合，难怪橄榄球眼下能在美国享受"国球"待遇。不要在意身后的观众将脚踩在你的椅背上，也不要看不惯身旁的观众用啤酒把自己灌得满嘴酒气，这不是在法国，而是在美国。

美国不是一成不变的定量概念，而是一个不断演变的流量。一位美国的老人和我谈起过一个有趣的"国球"易位现象。在二战之后，更注重脑力的棒球可以说是美国的"国球"，近几十年来，更重视体力的橄榄球成为美国的"国球"。原因何在？或许是因为橄榄球主办方推广得力，或许是因为橄榄球的快节奏和美国人当前的心律节拍吻合，或许这与美国电影、电视、歌词中的文化暴力倾向抬头互为因果。不论原因何在，可以说美国人的"啤酒气质"日益增强。

在啤酒王国，要融入美国人的生活，啤酒是重要的沟通桥梁。2012年8月14日，奥巴马在美国农业大州爱荷华的几个城市发表演讲和争取选票。当天晚饭时分，奥巴马走"亲民"路线，带着一大群白宫记者和随从走进当地的一家酒馆，要了一杯百威轻啤，和酒馆里的民众开始攀谈。小镇上难得见到这么大的阵势，无拘无束的美国人什么都敢说，坐在奥巴马身旁正与家人吃饭的市民约翰·布鲁克斯惊奇地说道："来了个正在旅行的动物园。"

奥巴马爱啤酒到了发烧级，他甚至和一些美国人那样，在家中购置了酿啤酒的全套器具，目前白宫"窖藏"三种加蜂蜜自酿的啤酒。蜂蜜何来？第一夫人在白宫菜园里的蜂箱。有数千啤酒迷想让白宫公布啤酒秘方，但是白宫大卖关子，称要在2012年9月17日前得到2.5万个啤酒迷的联合签名后，才能公布大内秘方。由于网民呼声一浪高过一浪，白宫在2012年9月1日公布了其中两种啤酒的大内秘方。美国开国总统华盛顿曾在弗农山庄自制啤酒和威士忌，美国第三任总统杰弗逊曾在蒙蒂塞洛山庄打造葡萄酒窖，但是有史书记载的在白宫里第一位酿酒并公布宫廷秘方的美国总统当属奥巴马。

奥巴马在爱荷华州的酒馆里，甚至和酒保大聊啤酒之道，《华盛顿邮报》把这趟争取选票的活动称为"爱荷华啤酒之旅"。在爱荷华办的一个大型露天美食娱乐集会上，奥巴马的"美国形象"明显好于竞选对手罗姆尼，因为不喝酒的罗姆尼在此类集会上只会买冰激凌吃，奥巴马利用罗姆尼不喝酒的"美国缺陷"，大打"啤酒牌"，甚至"定向选择"了当地独立选民钟爱的一种啤酒来吸引眼球。

在啤酒王国，要想打动别人，讲话中有"啤酒"这个关键词是制胜之道，重复这个关键词多少遍，哪怕讲话味如嚼蜡，听众都不会感到厌倦。2012年8月14日，奥巴马在爱荷华州同一群选民如此推销自己："来这儿的感觉真好。昨天我去了你们州的集会，我吃了猪排，喝了啤酒。今天我只喝了啤酒，没吃猪排，不过啤酒真棒。"

在美国高尔夫球场的会员休息区，
有球友在喝啤酒聊天

1 华盛顿红皮橄榄球队主场手握主队纪念版啤酒杯的球迷在欢呼

2 华盛顿红皮橄榄球队主场售卖啤酒和水的"酒保"

3 美国人看橄榄球时岂能没有啤酒

民族大熔炉

中国小朋友玩的芭比娃娃大都是白皮肤或黄皮肤的。在美国，白人小朋友会玩白皮肤的芭比娃娃，黑人小朋友玩的是黑皮肤的芭比娃娃，穆斯林小朋友爱玩带头巾的芭比娃娃。

在美国这个全球最大的移民国家，什么人都能找到自己的位置，什么人都有在这个民族大熔炉里的活法。在北京这样的大城市，要借阅大型图书馆的英文书籍，你可能需要单独办理一张英文借书证；在美国一些人口只有数万的小城，凭借一张借书证你就能借到英文版的畅销小说、中文版的古典四大名著、日文版的漫画或是俄文版的诗歌集。漫步在纽约市街头的一些地段，你刚步行几分钟，就发现两旁建筑的风格似乎换了一个大陆。在波士顿，你会发现地铁购票系统不仅有英文操作界面，还有中文操作界面。在华府，你可以在唐人街找到正宗的麻婆豆腐，可以在"越南村"吃到地道的牛肉汤粉，也可以在埃塞俄比亚移民聚居区尝到英杰拉面饼。

在中国和欧洲一些国家，你要前往友人家赴宴却要带上几道菜，恐怕会得罪女主人。但在美国，"百家饭"（potluck）的吃法成为同学、邻居、朋友之间常见的聚会方式。在"百家饭"的餐桌上，会出现天南海北的各种吃食，从中国水饺，到韩国泡菜，到墨西哥玉米卷，再到秘鲁沙拉，一顿饭可以让你吃遍全球；你会喝着中国绿茶，嚼着日本寿司，再拿美国的巧克力蛋糕当饭后甜点……食品种类之多也印证着美国社会

美国海军军官学校里的天主教和新教教堂也"混搭"

美国的"百家饭"

移民构成之丰富。这些不同的吃食如果在其他国家放在一起，会给人一种凌乱的搭配之感，但是在美国却是稀松平常，因为在餐桌边聊天的友人虽然说着英文，但是言语中带着韩国、秘鲁和中国等各色口音。

如果说各国食品混吃让你都感到惊讶的话，不同教派的教堂混搭恐怕就会让你目瞪口呆了，这估计也算得上是美国专利了。建立于1845年的美国海军军官学校（United States Naval Academy）位于美国马里兰州首府安纳波利斯，是美国海军将领和美国政治家的摇篮，吉米·卡特（Jimmy Carter）总统等名人都从这所名校走出。在这所古色古香的校园里，静静地矗立着圣安德鲁斯教堂（St Andrew's Chapel）。每到周日上午9点钟，先有信奉天主教的师生参加礼拜，当时针指向11点后，这里又变成了新教的礼拜场所，大家秋毫无犯，教堂井然有序。史上天主教和新教的影响力之争曾导致血流成河，英国都铎王朝的亨利八世脱离罗马教廷并推行新教改革，冷落笃信天主教的皇后凯瑟琳，甚至不惜将爱臣托马斯·莫尔打入死牢。但在美国海军军官学校的圣安德鲁斯教堂前，绿荫婆娑，鸟儿啁啾，没有不同教派学员之间的言语冲撞或是拳脚相向，600年前发生在英国的腥风血雨已经定格在了过去式。

美国这个民族大熔炉的扩容过程，也是新老移民通过汗水实现各自"美国梦"的历程，同时也见证着美国社会的文明进步和历史纠葛。从美国建国之父在自家山庄蓄奴，到2008年第一位黑人总统奥巴马问鼎白宫，各种肤色移民的杰出代表在美国社会赢得了一席之地，很多心怀美国梦者都是从最卑微的处境开始努力奋斗。在美国，你不用太担心自己是移民而被人瞧不起，某位美国人的祖父很可能就是新移民。美国第一夫人米歇尔·奥巴马在短短的五代人之内，从奴隶的小木屋走进白宫，这在英法等国，是难以想象之事，这也成为美国社会的独特魅力。

不过，美国民族大熔炉里的不和谐声音多年来也一直存在，切莫把这个大熔炉看成是太上老君那固若金汤的"炼丹炉"。美国黑人民权运动领袖马丁·路德·金（Martin Luther King Jr.）1968年在田纳西州遇刺身亡。奉行"白人至上"主义的三K党至今仍在美国南方有相当大的影响力。2012年8月5日，美国威斯康星州奥克里克市发生针对锡克教信徒的枪击事件，造成6人死亡。连在美国建国的精神重镇波士顿市，隐形的种族歧视也不能幸免，2012年8月，美国运输安全管理局（Transportation Security Administration）公布的调查结果显示，在波士顿洛根国际机场（Boston Logan International Airport），由于上司给安检人员设定了找出异样人士的硬性指标，导致安检人员频繁要求旅客"靠边"接受质询和搜身检查，而安检人员在选择"不顺眼"的旅客时，倾向于找拉美裔和黑人等群体，如果你是飞往迈阿密的拉美裔人士，或者是把棒球帽倒戴在头上的黑人，那么在安检人员眼中你是最不顺眼的。

马丁·路德·金说过，变革来自持续不断的斗争。美国这个民族大熔炉的扩容进程不会一帆风顺，不同声音和观念的碰撞本属大熔炉的应有之意。

商业和文化："林旋风"的双重意义

2012年2月17日，《今日美国报》（*USA TODAY*）上竟然有七篇谈论林书豪（Jeremy Lin）的文章，并对新名词"林旋风"（Linsanity）进行热词注解；《纽约时报》仅是评论版就有两篇文章以林书豪为主题；美国有线电视新闻网（CNN）全天滚动播放林书豪的场上精彩瞬间；篮球迷美国总统奥巴马也为这位哈佛校友疯狂……

"林旋风"有多强劲由此可见一斑。林书豪的横空出世也带来了巨大的商业价值，对此感到最开心且最有发言权的，当属其经纪人罗杰·蒙哥马利。蒙哥马利将自己原来的业务形容成"小店经营"，但是林书豪走红后，蒙哥马利口袋里需要揣着两个手机，而且随时准备给手机充电，因为广告商、书商、电影商在轮番联系他，大家都对大红大紫的林书豪着迷，致电的公司既有美国的，也有中国的大陆和台湾的，蒙哥马利坦言自己在学中文。

多年来美国家庭收入增长迟缓，再加上超过8%的失业率，使得NBA的经营陷入困顿，上座率始终不高。而风头盖过湖人队巨星科比的林书豪给暮气沉沉的NBA带来了新鲜血液，球队的门票销售水涨船高，体育用品商店出现球迷成摞购买他所披17号战袍的景象，他在美国和中国的社交网站上的粉丝人数呈指数级增长……《福布斯》杂志网站如此评价"林书豪经济学"效应：他的强劲表现若能持续，他本人将能从美国、中国的各家公司获得1 000万至2 000万美元的年收入；有了中国市

场的强劲支撑，NBA下一赛季的营收有望增加4 000万至
8 000万美元。

　　林书豪从默默无闻到"天下谁人不识君"，一方面折
射出NBA在人才发现和使用机制上存在漏洞，另一方面
也折射出"林旋风"背后深层次的文化意义。不分国籍、
肤色的美国人和亚洲人为林书豪而痴迷，在很大程度上不
仅是由于他球技出色，更是因为他为世人奉献了一阙不甘
平庸的行进曲。他是"美国梦"的最新注脚，他曾先后成
为金州勇士队和休斯顿火箭队球员交易的牺牲品，直到最
后一刻才被纽约尼克斯队选中，他曾寄宿在哥哥乔希家的
沙发上，最后抓住主力空缺机会而一战成名，是从"困顿
到辉煌"的美国梦的最佳践行者。

　　在美国这个移民国家，取得成就的新移民会获得尊
重，极富效率的市场机制会迅速给予这些精神偶像各种商
业奖赏，当然也会给他们带来全新的压力。

　　"林旋风"在精神层面给美国人带来了从未有过的视
觉和大脑冲击，这就好比让美国人去唐人街吃中餐的体
验：一方面，英文流利的林书豪好比美国人能在唐人街发
现的熟悉的番茄酱；而在另一方面，美国人也需要接受饺
子、包子等饮食新理念，面对读书好、打球好、有孝心的
林书豪，这就好比要逐渐接受东亚文化中强调"德智体"
全面发展的人才标准。

　　在后危机时代，如何提振民众士气和美国经济，已经
成了美国政府的一道难题，前纽约尼克斯队主帅德安东尼
点将林书豪的神来之笔倒是可以参考一下。

爱开快车的美国人

　　我在北京驾照考试的第一次路考折戟，原因是拐弯时车速过快，中国考官觉得我开车毛毛糙糙。我在美国弗吉尼亚州的第一次路考又折戟了，原因是我认真吸取了北京的惨痛教训，在拐弯时车速很慢，美国考

限速为每小时70英里的一段美国公路

官觉得这样婆婆妈妈地开车是在阻碍交通（impede traffic）。

我把这段反差极大的经历说给美国友人听时，他们哄笑不止，有位住在美国南方的朋友还给添加了一段例子：他的一位大学同学因为在公路上开车过慢，竟然被警察拦下给了张罚单，理由是阻碍交通，警察让他开车踩油门不要那么吝啬。不论是在哪个国家，超速吃罚单实属天经地义，但是开车稳当还吃到上百美元的罚单则是有趣的美国现象。在美国的公路上开车，你会见到"慢车靠右行驶"（Slower Traffic Keep Right）的指示牌，也就是提醒你，若要缓缓蠕动，不要进左道，要给开快车的司机提供便利条件。在美国南方很多州，你会发现公路限速牌上不仅标注着最高限速，还标注着最低限速。

没有金刚钻，不揽瓷器活。大多数美国人敢开快车，和把握方向盘的自信有关。在很多地广人稀的美国小镇或是乡间，并没有公交车，最近的超市、医院、学校可能都在数英里之外，不开车该如何生活？很多中国人三十岁时刚刚摸车，大多数美国人三十岁时已经有十几年驾龄了。

爱开快车也折射出美国人爱运动、敢于冒险的性格特质。观察一个国家的国民性，不妨看看国民都在公园里干些什么。中国公园里有很多散步和下棋的民众，体现了中国人沉稳从容的处事哲学。法国和荷兰是与美国建国渊源深厚的两个国家，思辨的法国人常在公园里安静地看书，法国的政治和哲学思想也成为美国社会的精神骨架；乐天爱玩的荷兰人常在公园里喝啤酒和踢足球，这种达观好动的性格也能在美国人身上找到影子，不论刮风下雨，不论是清晨还是黄昏，你都能发现美国人在公园里奔跑不息，头发花白的老人在跑，左手牵着狗、右手推着婴儿车的妈妈也在跑。

1 美国公园里随处可见跑步者

2 华府的波多马克河常有划艇者

3 美国公路上车尾拖着自行车的汽车

除了跑步，你在美国随处都能见到有人在骑自行车或划船，美国人对任何户外活动都乐此不疲，你在公路上经常会见到车尾拖着自行车、"头顶"架着橡皮艇的汽车从你身边开过。2012年夏季，共和党总统候选人罗姆尼和全家在新罕布什尔州的湖边别墅休假一周，罗姆尼同五个孩子和儿媳投身"罗姆尼家奥运会"（Romney Olympics），比赛项目包括骑自行车、游泳和跑步。这种家庭休假方式在中国人看来实在是闹腾，公公和儿媳同穿泳装一争高下，简直不成体统，会成为瓜田李下的笑柄。在美国则不同，爱运动而且没有架子的公公才受欢迎。即便如此，美国人还是觉得罗姆尼沉闷无趣，他竞选总统让美国的喜剧演员出现了"台词荒"。

爱开快车也是美国社会快节奏的体现。有人说，如果二十年前要想感受世界的脉搏，要去纽约；十年前要想感受世界的脉搏，要去东京；如今要感受世界的脉搏，要到北京和上海。此言不虚，尽管美国的相对速度正在被中国的大都市赶上，但是美国的绝对速度依旧飞快。以美国公路上的高承载车道（HOV）为例，这是为了提高公路的使用效率，给乘载两人以上的汽车开辟的公路最靠左的一条车道，公路上的其他车道可能堵车，但是这条车道一般畅通无阻，甚至可以省去路桥费，这种特权使得有些美国的驾车者打起了这条车道的主意，常见的方法是在汽车副驾驶座放上一个"塑料假人"，或是在车后座放上个冒充婴儿的玩具娃娃，一旦被警察抓到，可能要收到大约150美元的罚单。一般滥"人"充数的美国司机往往不是悠闲度假者，而是争分夺秒的通勤者和赴约之人。

中国人听话、美国人爱做主的性格在马路上体现得淋漓尽致。在限速每小时65英里的公路上，中国人可能会以65英里的时速乖乖地开，美国司机则会嫌你太慢，从左道超过你，但是他并不一定继续在快车道上开，而可能会插到你的车前，然后以大约75英里的时速行进，俨然就在教育你："车应该这么开。"

美国的限速是一个具有弹性的概念，在限速每小时 50 英里（时速约 80 公里）的公路上，你以时速 51 英里开车基本不会吃罚单，但大多数美国人会开到每小时 60 英里，开到 70 英里以上也不奇怪。华府以摄像头多、抓超速严格著称，但在紧邻华府的弗吉尼亚州，当地法律就不允许用雷达测速，在不允许雷达测速的州，开车主要凭自觉。美国民众往往会把限速当成最低建议速度处理，大家心里的标尺是限速加 10 英里是不吃罚单的边界线，因此你常会看到各地的报纸上有人抱怨："这警察也太阴毒了，躲在路边测速，我才比限速超了 11 英里，就罚了我 150 美元！"加 10 英里是美国人常给限速做的加法题，有些拼命想要创收的小城也会灵活做减法题，这就出现了美国公路上的"时速陷阱"（speed trap）。进城前的公路限速明明是每小时 35 英里，进城的刹那间就变为了时速 25 英里，吹着口哨、以 40 英里时速开车的你在看到时速 25 英里的标识牌后，紧张地赶快踩刹车，但是已经来不及了，躲在某条巷子里的警车突然窜出，奉上罚单一张。这种陷阱经常欺负外地和外国司机，因为异乡来客通常选择破财免灾，而不会兴师动众地重返当地，在法院为自己讨回公道。一些城市因为时速陷阱密布而成为臭名昭著的"雷区"，我有美国朋友在南下佛罗里达州时，为了躲避佐治亚州韦克罗斯市（Waycross）而宁可绕城而行，这座只有一万多人的小城因为时速陷阱阴险而成为司机"杀手"。一个好汉三个帮，在各地吃过亏的热心美国司机将各州的时速陷阱放到"时速陷阱网站"（www.speedtrap.org）上，该网站列出了全美 5.5 万个时速陷阱，在美出行时，不妨先行查阅并给自己敲响警钟。

自从金融危机发生后，美国出现了一个有趣的马路现象，各地的时速陷阱有增无减，罚单收入给税源紧张的地方政府带来了稳定的"夜草"，毕竟美国人难改爱开快车的习惯。

美国农民真可爱

2012年春夏之交，我带国内来的朋友去马里兰州普斯威尔镇的一个家庭农场采摘。开放式的农场一望无垠，没人看门，也没人问你从哪儿来到哪儿去，坐上拖拉机"敞篷班车"来到草莓地和樱桃园，任你随意采摘，先尝后买，不买亦无妨，要结账就去农场的小卖部，小卖部还有农场主自己种的新鲜蔬菜出售。习惯了拘谨的都市生活和人与人锱铢必较的朋友大呼："美国农民真可爱！"

与土地结缘的人都有善良、质朴的心。在这个霍姆斯特德农场（Homestead Farm）上，本·奥尔纳特（Ben Allnutt）和太太莫琳·奥尔纳特（Maureen Allnutt）守着波多马克河畔200多英亩的土地，过着"不羡神仙只羡鸳"的生活。本·奥尔纳特的祖先在1763年买下了这块土地，家里世代务农。在这片世外桃源上，5月可以采摘樱桃，6月可以采摘草莓，7月和8月可以采摘黑莓和桃子，9月可以采摘苹果，10月可以采摘南瓜，11月和12月可以砍圣诞树。与大多数可以让访客自己采摘的美国农场一样，霍姆斯特德农场采取的是不设防的"荣誉系统"（honor system），先尝后买，童叟无欺，理论上你吃饱了不买也无妨，没有人把你当成贼看，除非你自己要做贼。这种"荣誉系统"在美国随处可见，学校的监考老师不会对你紧盯不放，你要想在地铁逃票也不难，但是一旦被抓，你的代价不仅是处分和罚金，更是损失了像泥土一般朴实的民众对你的信任。

美国马里兰州霍姆斯特德农场的草莓地

美国马里兰州霍姆斯特德农场的拖拉机"敞篷班车"

驻 在 美 国
A Chinese Journalist's Observations
in America

美国西部的农场

美国西部的牧场

其实，可爱的不仅是美国农民，美国很多小镇、小城里的人都有一种不设防的可爱。2012年夏季我与家人在美国西部旅行，在爱达荷州一个小镇的加油站加油时，发现不用插入信用卡就可以直接加油，加油站里也找不到一个摄像头，加油站老板是以"天下无贼"的心态在做生意。加完油后，我们想把车开到休息区停下，进店付款并买点吃食。当我们的车启动时，店里才有收银员过来提醒我们别忘了付钱。我对她说："不用担心，我们不是开溜，是去停车，我们和你们一样，都是好人。"

与中国很多世代为农的家庭一样，美国农民的质朴会让你惊叹，但是任何靠天吃饭的人生活都不轻松。经营奥尔纳特家族的果园也有风险，现在的顾客很挑剔，如果水果因为照护不周而有一点"伤疤"，顾客都不会摘入篮中。不过，很多美国人选择务农，并非为了金钱，而是喜欢用汗水换来果实，喜欢用辛勤的双手养活家人的感觉，喜欢用祖母传授的方法制作果酱和腌制黄瓜。年轻的里奇在宾夕法尼亚州一个朋友的大果园里帮工，最初没有经验的他每小时只能拿到7.25美元的美国最低法定时薪，干了几年有经验后，他的时薪才涨到9美元。"农场的活又累又脏，如果为了赚钱的话，赚那点钱是划不来的，最重要的是我和很多当地人一样，喜欢农场和果园，赚多少钱不重要。另外，和在餐馆打工不同，只要你有力气，农场上从早干到晚都有活干，只要肯吃苦，果树是不会亏待你的。"

尽管是世界最大的农产品出口国，美国农业就业人口不足总人口的3%，一望无际的耕地、大面积的自动浇灌系统、各种农用机械齐上阵是在美国农村常见的景象。美国政府对农耕者的补助也很多，自从上世纪30年代以来，政府就鼓励种植农作物的农民购买农业保险，当前大约八成的美国农民拥有农业保险，政府为农民补贴约六成的保费，政府还给农民提供购买农用机械的低息贷款等帮助。经过数十年的发展，美国农民的专业化程度不断提高，使用杀虫剂都需要先获得政府颁发的相关执照，蔬菜上市前一周该用何种肥料也有严格的规定。

与中国农民种地是为了谋生不同，美国有些农民刨地、喂马是在衣食无忧的状态下享受亲近自然的乐趣，很多农民曾经是政府高官、企业高管或是大学教授，这也算是美国农业高度发达和农村面貌多元化的一个注脚。在企业工作数十年的马特·巴尔巴加洛（Matt Barbagallo）和在政府任职数十年的太太玛丽·巴尔巴加洛（Mary Barbagallo）在2007年过倦了都市生活，在弗吉尼亚州的小镇珀塞尔维尔当起了农民，他们的葡萄酒庄出产五种葡萄酒，对他们而言，在葡萄园的土地上劳作就是大自然的馈赠，他们把自己的酒庄命名为"地上"（Above Ground）酒庄。"不为赚钱，本来就爱葡萄酒，在酒庄土地上劳作的每一天都是愉快的时光。"马特如此描述自己的精神状态。

一些国人知道特德·特纳（Ted Turner）是美国有线电视新闻网的创始人，但不了解这位富豪爱收藏什么。这位出生在美国"粮仓"俄亥俄州的媒体大亨对牧场有着独特情结，他在美国中西部的蒙大拿、堪萨斯等州拥有15个超大牧场。根据特纳公司（Turner Enterprises）的数据，这些牧场总面积多达200万英亩，使特纳成为北美地区最大的"地主"之一；特纳酷爱放养美洲野牛（bison），牧场上的美洲野牛总数超过五万头，他也成为全球最大的私人"野牛王"。

在美国，有很多特纳一样的牧场主，他们养马但不卖马，养野牛但不杀野牛，他们把马和野牛看作心爱之物，牧场是他们重圆牛仔梦的精神寄托。在农场或牧场上，他们是在享受"采菊东篱下，悠然见南山"的田园野趣。在中国，有人说"穷玩车、富玩表"。人总会返璞归真，在美国，你会发现一些富人已经跨越了"玩表"的阶段，而是在"玩牧场"或是"玩环保"。驰骋华尔街的前高盛公司老板、美国前财长亨利·保尔森（Henry Paulson）总是佩戴不起眼的电子表，凭他的手表，很多中国人看不出他是位有钱人。但是保尔森在任高盛董事长期间，就一次性给生态环保事业捐出个人财富1亿美元，此后为了全球的生态环保事业更是捐资无数。

　　美国农民也并非没有烦恼，他们在享受网络等城市化便利的同时，也在经受城市化的诱惑和烦恼，美国很多农业小镇也在经历着痛苦的产业转型。美国各个城市周末运营的农夫市场（farmers market）算是农业文化和城市文化融合与冲击的横切面，在城镇周边居住的农民会驱车数小时，将新鲜采摘的蔬菜、水果或是按祖传秘方制作的果酱、糕点拉到农夫市场上售卖。根据美国农业部2012年8月公布的数据，全美共有7800多家此类农夫市场，农夫市场上出售的大多是有机果蔬食品，在选种、施肥、除草等环节的标准较为严格，售价也比普通超市要高些。我与很多美国城里人一样，酷爱逛各家农夫市场，除了大快朵颐之外，久居城市，农夫市场的淳朴清新之气总能帮人减压。不过，农夫进城卖东西并非总能一帆风顺。2012年7月8日，弗吉尼亚州费尔法克斯县农夫市场的库恩果园（Kuhn Orchards）摊位前排起了长龙，这个果园的苹果和桃子在城里赢得了很多铁杆"粉丝"。这家果园紧邻美国南北战争转折点的宾夕法尼亚州葛底斯堡（Gettysburg），果园主人戴维·库恩（David Kuhn）已经是第四代为农了，他的孩子也在果园帮忙，库恩家在摊位前自豪地悬挂着"所有果蔬自产自销，库恩家五代为农"的横幅。但这一天他们出师不利，结账的顾客中有好几位要使用信用卡，库恩家的两个男孩不停地摆弄移动刷卡机，但还是无果而终，城里人只能收起信用卡，用现金买下库恩家的苹果、果酱和苹果酒。目前，美国约有三分之一的农夫市场装备了移动电子支付系统，美国农夫们除了要伺弄好菜苗之外，还得搞定移动刷卡机。

　　谈起美国的传统农业文化，就不得不提宾夕法尼亚州兰卡斯特县（Lancaster County）的阿米绪人（Amish）。在这个网络已经"手

库恩果园的两个男孩搞不定移动刷卡机

掌化"的今天，大多数阿米绪人依旧拒绝使用
电话等现代通讯工具，并抵制使用其他现代化
电器；在这个汽车、飞机普及的年代，这些欧
洲移民依旧在使用马车这种传统代步工具，过
着刀耕火种的生活；在这个衣着五彩斑斓的时
代，强调清心寡欲的阿米绪人身上只有黑色和
白色这些素色。美国的阿米绪人约有二十多
万，兰卡斯特是阿米绪人的主要聚居地。在兰
卡斯特，你找不到大都市住宅门口的财险公
司标牌，这里有夜不闭户的人家；在兰卡斯
特，你找不到转基因食品，迎接你的只有土生
土长的蔬果和号称全美最好吃的传统软盐酥卷
饼（soft pretzel）；在兰卡斯特，你发现买苹果
的计量单位不是城里人爱用的"磅"，而是豪迈
的蒲式耳，一蒲式耳苹果足有35升的满满一大
箩筐……但是，兰卡斯特的阿米绪人并非无忧
无虑，公路上悠哉悠哉行进的马车后面跟着一
串城里来的观光汽车，被人当观光对象却还要
从对方那儿挣钱，这种感觉自然不好受。兰卡
斯特的一位马车夫亚伯拉罕告诉我，他担心农
业文化对他下一代的吸引力越来越小，衣着光
鲜的城里来客对孩子的冲击极大，他的孩子正
在偷偷用手机，但他不愿意去揭穿，否则孩子
很有可能在赌气之下离开兰卡斯特并投奔城市，

美国宾夕法尼亚州兰卡斯特县的阿米绪人村庄

1

3

5

这样的先例已经有很多。亚伯拉罕会驾驶马车带客人穿过阿米绪人的农田，然后在一处农舍前停下，然后有个稚气未脱的阿米绪女孩提着竹篮向来客推销自家的传统糕点。女孩卖糕点的收入和客人给亚伯拉罕的小费都是阿米绪人家的重要收入来源，也见证着日渐褪色的纯正阿米绪文化。

　　人总是特别珍惜擦肩而过的，也总想得到当下不可及的。城里人因为尝到果园里的新鲜草莓而大呼畅快，阿米绪人因为城市化的侵扰而心绪难平。

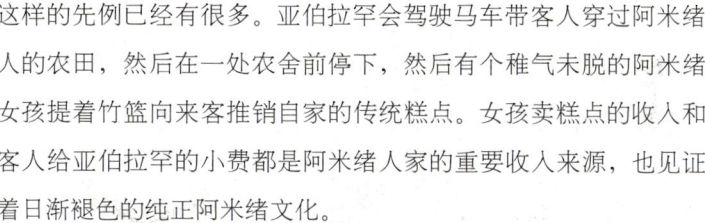

1 拉着小车、穿梭于汽车之中的阿米绪孩童
2 很多阿米绪人靠观光马车挣钱贴补家用
3 美国宾夕法尼亚州兰卡斯特县的阿米绪老妇人
4 阿米绪女性做的传统软盐酥卷饼美味无敌，不愧是"美国第一"
5 阿米绪人的商店
6 阿米绪人家的院落

02

第二章

美国经济脉搏

情人节奥巴马的晚餐畅想

2012年2月14日夜，坐在与华府隔河相对的亚历山大市国王街1120号弗米里昂餐厅（Vermilion）临街的阁楼，美国总统奥巴马与第一夫人享受着情人节的烛光晚餐。看着灯火辉煌的这条经历过南北战争洗礼的老街，执政进入第四个年头的奥巴马或许有过这样一番畅想。

街头手捧鲜花的情侣来来往往。如果把鲜花视为美国经济风向标的话，遇上了上世纪30年代大萧条以来最严重经济衰退的奥巴马可以舒一口气了。随着经济回暖，美国人在情人节鲜花上的开支水涨船高，美国全国零售商联合会的数据显示，美国消费者2010年情人节在鲜花上的总开支为16亿美元，2011年上升至17亿美元，2012年预计增至18亿美元。

"今年生意不错。"这是我走访的几家花店老板的反馈，有网上购花业务的花店更是生意红火。随着美国经济连续三年增长，美国民众补上之前情人节礼物送得不够的抑制需求释放，使得2012年情人节美国人均购物消费预计比2011年增长12.8%，类似的抑制需求释放也使得车市、电器等销售出现旺市局面。民众肯花钱，宠物都能跟着享福，预计2012年情人节美国人均给宠物买礼物的消费达到5.04美元，远超2011年的3.27美元。当然，如果制约消费的收入瓶颈不能突破，那么民众仍然脆

美国"第一家庭"在情人节光顾的弗米里昂餐厅

　　弱的信心随时都会在经历欧债危机等外来冲击时动摇，鲜花、宠物饼干
都可能成为下一个在购物单上划去的项目。

　　喜欢到亚历山大购物吃饭的奥巴马知道，国王街因为餐馆、礼品
店、画廊林立而出名，但在这家餐厅阁楼上的触目可及处，马路对面就
有三家店铺贴着"转让"的广告。优胜劣汰是商界亘古不变的法则，但
在不到三十米远的距离内，就有三家地毯店、礼品店要转让，这也是普
通商家经营不易的真实写照。

　　在国王街上，店铺里的大量货品来自中国等生产成本更低的国家。
制造业复苏是奥巴马争取连任时具有煽情力的理念，但在国际产业和物
流链分工细化、成熟的当前，苹果公司创始人史蒂夫·乔布斯曾直白地
告诉过奥巴马，有些流向海外的工作岗位再也回不来了。救助汽车业、
提供税收优惠等举措使得美国2011年新增23.5万个制造业岗位，但这
股制造业就业暖流和过去三十多年间超过700万制造业岗位流失的大趋
势相比，显然微不足道。奥巴马提出要将美国制造业企业的所得税率从
35%降至25%，但如何让美国的经济变得更有竞争力又不增加财政赤字，
如何增进私营企业活力而不让"政府之手"管控太多，美国的先进制造
业何去何从，发展实体经济和发展金融业之间的关系如何协调，都是奥
巴马需要向民众解释清楚的两难问题。

　　总统车队开进亚历山大时，不用自掏腰包加油的奥巴马也应该留意
到加油站的油价已逼近每加仑4美元。从2012年初到2月中旬，美国各
地的平均油价上涨了约25美分，使得"汽车王国"的民众纷纷抱怨。油

价波动承载着美国选民的喜怒，竞选对手频频借机向他射来冷箭，奥巴马已经多次公开为自己辩护，强调他在增加石油开采、开发新型能源方面的努力，但是这一思路和更重视传统能源开采的共和党不同。油价波动背后的变量很多，但是每次美国油价出现明显上涨，奥巴马政府重视新能源开发的长期战略就会遭受公众的质疑和共和党的批评。

说一千道一万，老百姓过日子最在意的还是自己的钱包。奥巴马执政的前四年是经济波折频现、命运多舛的几年，而老百姓的钱包并没有鼓起来。官方数据显示，从奥巴马入主白宫的2009年1月到2012年6月这三年半之中，美国家庭的中间收入从5.4983万美元降至5.0964万美元。这种执政成绩单足以让任何美国总统头疼。

很多美国选民记忆力短暂，在大选年许诺减税等"糖果"是美国政客的惯用手法，踏上竞选之旅的奥巴马不仅面临连任压力，还面临着权衡对与错、短期政绩和长期口碑的道义压力。自幼生活在亚历山大的南北战争时期的南方军统帅罗伯特·李（Robert Lee）将军曾言："最好是做对的事，哪怕这意味着承受痛苦，而不要让自己的良心和后代受谴责。"做何选择，是奥巴马面临的真正考验，他虽然赢得了连任选举，但是执政后四年的道路不会轻松。

葡萄 "没" 酒夜光杯

"我在这里干了快三年了，店里的酒水单始终没有涨过价。"纽约市曼哈顿繁华的时报广场旁一家知名连锁海鲜餐馆 "红龙虾" （Red Lobster）的服务生丹尼在2011年初告诉我。

在这家需要等座半小时以上才能吃上晚饭的热门餐厅，最便宜的葡萄酒价格为6.95美元一杯、第二便宜的葡萄酒为7.75美元一杯。丹尼还告诉我一个繁华背后带有几分凄凉味的细节，尽管这家地段极佳的餐馆生意看似火爆，但每位客人的平均消费额比三年前减少了25%。丹尼是有发言权的，在美国餐馆吃饭，一般要根据消费金额给服务生15%以上的小费，因而服务生对于顾客花了多少银子一清二楚。

有经济学家发现，如果消费者荷包不鼓却又碍于面子，往往不好意思点最便宜的葡萄酒，而是会选择第二便宜的葡萄酒。当然，买的没有卖的精，事实上，许多餐厅里第二便宜的葡萄酒是性价比最低的。通过这一视角，从2010年9月份至2011年2月份期间，我调查了美国从南到北的华盛顿、纽约州、佛蒙特州、马萨诸塞州、佛罗里达州、弗吉尼亚州、俄亥俄州、密歇根州等地20多家人均消费20美元以上的中档餐厅，调查这些餐厅第二便宜的葡萄酒有无涨价。没想到各家餐厅反馈的信息惊人地一致：因为担心害怕吓走顾客，大多数餐厅几年来没有上调过酒水单的价格。

M街是华府一条繁华的商业街，毗邻大学区，游客众多而且很多富有的律师、医生居住在此，这里的餐厅一直不愁没有生意做；不过我在这条街上的几家餐厅了解到，几年来葡萄酒的价格一直没敢"越雷池一步"。佛蒙特州本宁顿（Bennington）的百年老餐厅"四个烟囱"（Four Chimneys）经常会有影后级的美国名流光顾，但这家餐厅的经理坦言，几年来，这里的酒水单也没敢"倚老卖老"。

雷切尔是在弗吉尼亚州"红色星期二"（Ruby Tuesday）连锁餐厅里工作多年的女服务生。在她眼里，这几年餐厅的生意没有金融危机之前景气，这家餐厅的葡萄酒和菜价自然不敢涨钱。在这家餐厅里，称为本店"精选酒"的葡萄酒一杯为4.29美元，称为"好酒"的葡萄酒一杯为4.99美元，称为"佳酿"的葡萄酒为5.99美元一杯，称为"最佳酒"的葡萄酒为7.99美元一杯。

在美国的餐厅吃饭，冰水往往是免费供应的，丹尼等服务生还告诉我一个不为人所知的细节：这几年，一些用餐者干脆不点葡萄酒，用冰水就着海鲜吃，这就出现了葡萄"没"酒夜光杯的就餐局面。白水就海鲜还说得过去，但牛排不配红酒就显得太吝啬了。

美国人素有新年新打算（New Year's Resolution）的习惯。2011年伊始，美国一些知名网站评选出美国人最流行的新年打算，其中就包括减少开支、减少家庭债务、减肥这"三减"内容。

当然，并非每家餐厅的生意都在走下坡路。弗吉尼亚州一家知名餐厅"雷氏牛排馆"（Ray's the Steaks）位于失业率低、大型企业聚集的地段，这家餐厅的经理吉米告诉我，该餐厅提供的食物和葡萄酒性价比高，再加上同一个老板开的"雷氏地狱汉堡馆"有美国总统奥巴马捧场，这家牛排馆天天爆满。

不过也是在这家牛排馆，我发现与几年前相比，老板悄悄下调了葡萄酒的价格。现在酒单上物美价廉的葡萄酒多来自阿根廷、智利等葡萄酒"新秀"产区，而非法国等葡萄酒价位更高的老牌产区，使得倒数第二便宜的葡萄酒价格从原先每瓶50美元下降到大约30美元。

尽管美国制造业、经济增长等指标在2009年下半年就开始了触底反弹，但金融危机过后，美国消费者的谨慎乐观态度一直未能"摘帽"。在美国经济缓慢复苏的背后，隐藏着雇员工资增速缓慢和商家不敢贸然提价的现实，同时高收入群体和中低收入群体出现冷暖两重天的消费景象。富人依旧富有，对于价格因素并不在意，但相当多普通民众却因房价缩水成为"负翁"。股市出现了几波牛市行情，但很多普通民众无闲钱入场，加之失业率居高不下，由此产生的不确定性让许多普通消费者对于大笔支出变得谨慎。我在美国很多地方观察到，在圣诞前后的购物旺季，蒂凡尼等高端品牌的商店里总有人一掷万金；而在一美元廉价商店里，也有很多人在排队买牙膏等生活必需品，更是听人说起过生活困难的老人买廉价宠物罐头吃的辛酸故事。

美国皮尤研究中心在2012年8月公布的一项研究报告清晰地显示，自从2000年以来，美国中产阶级规模逐渐萎缩，相对购买力日益下降，生活受挫感增加：有85%的美国中产阶级人士认为，想要维持像样的生活水平比十年前更难；有62%的受访者承认，在过去一年中因手头拮据而节衣缩食，比2008年53%的比例明显增加。

这份名为《中产阶级失去的十年》（The Lost Decade of the Middle Class）的报告用了三个"更"作为副标题——"人数更少，生活更穷，前景更糟"（Fewer, Poorer, Gloomier），勾勒出贫富悬殊日渐拉大、中产阶级不满增多的美国社会版图。二战之后的上世纪五六十年代是美国中产阶级财富增加的黄金时代，从1950年到1960年，美国所有家庭的中间收入增长2.9%，中产阶级家庭的收入增幅甚至超过最富有家庭。在上世纪80年代和90年代，美国最富有家庭的财富增幅开始明显快于中产阶级家庭。半世纪前的黄金时代早已不在，金融危机浪潮过后，美国的财富礁石毕现，从2000年至2010年，美国中产阶级家庭的中间收入下跌5%，最贫穷家庭的中间收入暴跌45%，但是富裕家庭的中间收入却仍然上涨1%。放眼过去四十年，美国中产阶级萎缩，美国财富蛋糕的分配不公加剧。2011年只有51%的美国成年人属于中产阶级，远低于1971年61%的比例，而与此同时，最富有阶层的人口比例由1971年的14%上升至2011年的20%，低收入阶层的人口比例也从1971年的25%上升至2011年的29%。很多美国中产阶级父母悲观地认为，子女未来的经济前景会和他们一样糟糕，而美国中产阶级家庭普遍认为，目前这种局面是政客、银行家和大企业的错。

诺贝尔经济学奖获得者约瑟夫·斯蒂格利茨（Joseph Stiglitz）在2012年出版的著作《不平等的代价》（*The Price of Inequality*）专门阐述这个议题。他将美国贫富悬殊拉大和中产阶级利益受损归咎于体制因素，这种局面是市场投机和政治运作综合作用的结果，美国当前的政治体制被强势经济集团绑架，正将美国市场和税收制度朝着有利于富豪利益的方向塑造。这种局面不仅造成美国经济增速下滑、社会动荡增多等显性后果，也造成了更严重的隐性后果，代表平等竞争的美国国家形象逐渐黯淡，民主制度对民众的关切日益淡漠，国家凝聚力正在下降。

"当代资本主义已成为一种复杂的游戏，游戏中的胜家往往聪明绝顶，但是人品不佳。他们要懂得规避法律，要懂得向穷人巧取豪夺，有必要时，还要学会耍出不公正的手段。"斯蒂格利茨如是说。

美国地税"瘦身"后的地铁"截尾"

不经意间，2012年美国华盛顿市的地铁车厢已从八节减至六节。华盛顿市近年来吸引了很多找工作的年轻一族涌入，人口已突破60万，但其地铁非但没有加长，反倒是"截尾"，凸显出面对税收下降的窘境，美国地方政府不得不精简开支的无奈。

若说地铁"截尾"只是影响交通高峰期间乘客舒适度的话，那么关掉路灯则让当地居民的安全感遭到侵犯。尽管司机抱怨开车看不清道，家长担心孩子夜间外出有危险，美国密歇根州高地公园市（Highland Park City）政府为了节省电费开支，已将金融危机前全市的1 600盏路灯减少至500盏。政府减少开支，神父都要让步，为了信徒的人身安全考虑，当地一位名叫布洛克的牧师将教会惯例安排在周六晚七点的活动提前至下午四点。

地铁"截尾"和城市"灭灯"的做法并非只是几个城市的偶见现象。代表美国19 000多个城市的美国城市联盟（The National League of Cities）的报告显示，由于作为地方财政顶梁柱的地产税、个人收入所得税和销售税疲软，2011年美国地方政府的税收收入比2010年再降2.3%，连续第五年走低。为了应对捉襟见肘的财政状况，72%的美国城市在裁减公务员，60%的城市拖延基础设施开工，41%的城市在提高政府服务收费标准……即便一再采取遭到市民白眼的举措，57%的美国城市依旧担心入不敷出。

中国人熟悉美国政府寅吃卯粮的"信用卡"式财政习惯,那是美国联邦政府的特权。美国绝大多数地方政府有平衡预算的规定,倘若需要融资,那就需要发行城市债并找到买主。一方面金融危机导致地方税源萎缩,另一方面奥巴马政府新上马的基建项目和医疗改革也需要地方政府提供更多配套资金支持,进一步加大了地方政府的财政压力。

　　地铁"截尾"的日子暂时还没看到尽头。尽管美国房地产市场近期出现了提振的可喜迹象,但房地产业的多项指标尚在市场健康水平一半的弱势区间震荡,一些业内人士认为,美国楼市需要等到2013年后才能真正反弹。2012年美国假日消费呈现旺市局面,但这是多年压抑的需求释放、商场加大打折力度和延长营业时间等多重因素作用的结果。

　　美国城市联盟判断,美国2012年的地方财政收入还将下滑。只要房地产市场和零售状况没有大幅改善,经济复苏的信号转化为地方财政收入提高还将有漫长的过程。

　　对同样的境遇,不同人有着迥异的解读。高地公园市市长温德姆觉得"灭灯"是他连任的最大障碍,高地公园市居民开始在家门口安装摄像头,奥巴马政府在用这些例证力促国会给地方基建设施更多投入,共和党在利用民众心头的不满情绪来引导各类选举的话题走向。

　　值得一提的是,本轮国际金融危机过后,美国探索新经济增长点的进程坎坷,高地公园市就是美国产业转型过程中的一个城市缩影。这个城市以前的支柱产业是给福特等汽车巨头提供组装生产服务,但是美国汽车行业的下坡路令高地公园市逐渐失去了财源,人口从上世纪50年代的5万锐减到目前的1.2万。美国对在经济新增长模式探索过程中出现的种种阵痛要有心理准备。

　　"我们已经无法回头。"温德姆感伤地说。这位压力重重的市长只能提醒市民打开自家门口的廊灯来驱散黑暗。

手机失而复得的经济学感想

2010年入冬后，华府一场冷雨催着一场冬雪。我外出采访时，因为着急赶路再加上下车时匆忙打伞，iPhone手机不慎落在了出租车上。

回到住所后，我紧张地给自己的手机拨电话，传来的并不是"您所拨打的电话已关机"，而是出租车司机浑厚的声音："我也正要找你呢！你住哪？我现在就给你送过来。"

我在瑟瑟寒风中等着司机，心里好生感动。这位黑人的哥穆罕默德很健谈，这段手机寻觅曲也演变成了一段友谊交响曲。穆罕默德来自索马里，开个体出租车已有七年。在华府，出租车行业中既有大公司在运营，也有私人全职运营的出租车，还有租车来"打零工"的游兵散勇。

我认为找回手机并非只是偶然碰上了穆罕默德这个好人，换上的哥杰克或是汤姆，也有可能把手机给送回来。

首先，下雨天，我在华府城中心两分钟之内就打上车，和在北京雨雪天不容易打上车的体验截然不同。我有一次在北京淋成落汤鸡后问的哥："怎么下雨天就打不上车呢？"这位北京的哥回答得直截了当："下雨天打车的人多，车又不好走，雨雪天发生交通意外，公司只负责理赔70%，谁愿意出来冒险挣这个钱啊？"在华府，我从多位的哥处了解到，不论什么天气状况，出租车都享受事故全险，自然免除了后顾之忧。

其次，美国的电信商运营模式和中国有所不同，手机往往是电信公司低价捆绑销售的。从经济学的角度看，只有稀缺性的东西对人才有驱动力。你让已经拿了个iPhone手机的穆罕默德兜里再揣个手机，可能是种累赘；如果还给失主，则可以得到精神上的满足，甚至还能得到经济奖赏。

再者，我在雨中马上就能打上车，一打电话穆罕默德正在空车"扫街"，本身也能说明问题。"生意没以前好做了，打车的人少了，开出租的人多了。"穆罕默德一句话勾勒出了华府的哥们的生活现状，这一低准入门槛的行业吸引了很多非洲裔移民和兼职者。

我给单干的穆罕默德算了笔账，他一年要交的保险费是1 500美元，每天收入在150美元至200美元之间，每个月油钱加维修费用在700美元至800美元之间，他所开的约2万美元的出租车按华府7年强制报废标准折旧，按照每周工作六天、每天收入175美元计算，他一年净收入约为4万美元，这是全家唯一的收入来源。这在美国是个不高不低的收入，因为2009年美国家庭的平均收入为4.98万美元，而在美国收入群体中最低的黑人家庭平均年收入也有3.26万美元。

我给穆罕默德递上了一些经济奖赏，对这种诚实、热心的善行，我们每个人都应当鼓励，这对小社区、大社会变得更温暖有益。但是，我们不能仅仅依靠人性的力量，要让大家手机丢失后都容易找回，恐怕还需要一些合理的经济杠杆和制度安排来做"保险丝"。

美国税收制度所谓的公正

美国国内税收署（IRS）署长要找会计师来帮忙报税，美联储主席伯南克抱怨美国税制过于繁缛，奥巴马总统自己报税时也头疼，由此可见美国民众对美国税制牢骚满腹绝非怪事，而美国税制暴露出的"劫贫济富"特征和漏洞百出也成为亟待解决的重要议题。

当前，美国超级富豪们的税负已是上世纪30年代以来的最低，美国最富有400个纳税人的所得税率只有17%，"股神"巴菲特爱拿办公室清洁工来打比方，他的大多数收入来自股息，因而他的个人收入所得税率比帮他办公室打扫卫生的清洁工还低。家资亿万的罗姆尼在过去数年中的个人收入所得税率只有13%左右，这在欧洲的富豪们看来，简直就低得令人难以置信。但是，共和党还希望继续降低美国的个人收入所得税率。

美国财长盖特纳曾经坦称："美国的税收体制中存在太多漏洞，使得美国的税制既不公正，也不可持续，美国公司交多少税不是按照业务繁荣程度而定，而是根据公司游说能量的大小而论。"正如美国知名主持人阿瑟·戈德弗雷（Arthur Godfrey）所言："我为在美国交税而自豪，但也为少交一半税而同样自豪"，美国税制背后弥漫着浓烈的功利气息。

通用电气（GE）等美国大型跨国企业在2010年赚得盆满钵满，却可以搬出多数盈利来自海外等理由而不交联邦企业所得税，在美国国内备受攻讦，有人甚至质疑通用电气首席执行官杰弗里·伊梅尔特（Jeffrey Immelt）担任白宫就业与竞争力委员会主席的公信力何在。白宫发言人卡尼急中生智地辩解道，该委员会的职责是给总统提供就业创造的建议，而非税收政策的建议。

或许我们可以睁眼说瞎话称税收政策与经济发展、就业创造无关，但以警世恒言著称的美国作家威尔·罗杰斯（Will Rogers）早就说过："所得税在美国培养出来的骗子比高尔夫球还多"。

奥巴马多次向美国病态的税制"开火"，指责它"扭曲怪异"，改革势在必行。"从表面上看，美国的企业所得税率在全球为最高之一，但在现实运作中，由于税制漏洞很多，相当多公司可以分文不交。"在上世纪80年代里根总统进行税制改革后，美国再无大规模的税改。税改三十年后，美国当前的税制千疮百孔，各个利益集团将不胜枚举的免税、减税等特例塞进美国税法，当前美国联邦政府一年因为税收漏洞而流失的税收收入高达惊人的1.3万亿美元。换而言之，1.3万亿美元超过美国联邦政府目前每年税收总收入的一半。

在美国能闷声发大财的不仅是一些富可敌国的企业，还有家资亿万的富豪们。盖特纳警告，如今美国减少赤字箭在弦上，美国再也承受不起给超级富豪们减税了，如果不在国内"开源"或"节流"，那就只能向国外投资者借钱或是向下一代打白条了。

尽管奥巴马政府批评美国每年要花成百上千亿美元来给富豪们减税，称如果让他们略微多掏点税钱，足以改善鳏寡孤独废疾者的福利，也可以确保在教育等关键领域内的投资，但分析人士认为，民主、共和两党在减税的主张上没有显著分歧，分歧在于税收改革和政府开支的操作细节。民主党主张给98%的美国人减税，共和党主张给100%的美国人减税，两党都对美国的债务"定时炸弹"视而不见。罗姆尼一方面享受着超低的税率优惠，另一方面批评美国的公共债务总量达到全球最高的16万亿美元，指出美国的社会安全福利金（Social Security）和医疗保健计划（Medicare）等养老、医疗福利项目在未来75年内的资金缺口高达62万亿美元，两项合计，每个美国家庭背负的债务超过50万美元。但是，罗姆尼等共和党人士的字典里没有"加税"一词，目前共和党官员会先说出"绝不加税"的结论，再来"自圆其说"地罗列不加税的理由。两党都想减少税收漏洞，但是都不愿意得罪各自的选民群体，因而税改至今只闻雷声不见雨点。

　　2011年3月我在听通用电气首席执行官伊梅尔特演讲时，他谈及所有美国人都应交纳"公正的一份税收"。当然，何谓"公正"，美国人爱调侃的一个例子倒是能说明问题：根据英语语法，在讲美国国内税收署（IRS）时，前面要加定冠词（the），合成后的单词恰好就是"他们的"（the-irs），税改和减少政府赤字是每个人要承受的阵痛，但很多人都在心底默念：或许素昧平生的"他们"多交税而自己少交税，就是所谓的公正吧。

瑞安医改惊波澜

对于民众投票率远低于一个世纪前的2012年美国大选，"出勤率"相对较高的老人是民主、共和两党力争的香饽饽，佛罗里达等关乎大选选情的"摇摆州"恰好也是老年人比例较高的地区，这也是为什么在2012年8月18日，罗姆尼的竞选搭档保罗·瑞安把老母亲都请了出来，为他在佛罗里达州的演讲助阵，给老年人派发医疗改革"定心丸"。

奥巴马医改方案是他执政四年的主要政绩，而瑞安担任国会众议院预算委员会主席期间，提议对美国的公立医疗体系进行"手术刀"似的改革。瑞安的改革思路与奥巴马医改截然不同，瑞安"登堂"使其医疗改革方案更受关注，因而在2012年的大选阶段出现"瑞安医改"与"奥巴马医改"碰碰车的局面。

美国是发达国家中少有的不提供全民医保的国家，因为医疗费用破产的美国家庭悲剧时有发生。美国医疗保障体系走的是公私"双轨制"，超过1.6亿人通过雇主或是配偶雇主提供的商业保险享有医疗服务，大约4 800万65岁以上的老人、残障人士及需做肾脏透析的病人享有政府提供的医疗保健计划，大约6 000万中低收入者和孕妇享有政府提供的医疗补助计划（Medicaid），民众医保覆盖率约为85%。然而，美国医疗体系的任何指标都足以让人忧心，美国人均医疗支出几乎是经合组织各成员国平均水平的两倍，50种最常见药品在美国的售价要比欧洲主要发达国家贵出六成，但是从婴儿死亡率、平均预期寿命、民众肥胖率等指标来衡量，美国民众的健康水平在发达国家中并不靠前。

居高不下的医疗收费和并非全民医保的现实导致了"跨国治病"等畸形社会现象出现。经合组织的数据显示，以阑尾切除手术为例，2007年在美国的平均开销高达7 962美元，在加拿大只需5 004美元，在法国仅需4 558美元。难怪有美国人会不远千里开车到邻国加拿大治病。医疗改革已成为两党的共识，两党的分歧在于改革的具体路径。

究其实质，奥巴马医改是要在避免对约翰逊总统"伟大社会"(Great Society) 框架下建立的公立医保体系做伤筋动骨改革的前提下，实现"扩容"和"增效"的双重目标。首先，要帮助逾3 000万未享受医疗覆盖的美国人享受医保，力图将医保覆盖率提高到95%，其操作方式是在"强制医保"的条款下，主要通过医疗补助计划在2014年"扩容"等途径来扩大中低收入群体的医保覆盖面，并通过给医院、保险公司提供新客户群的做法来减少改革阻力。其次，由总统任命15名专家组成一个"独立医疗付款顾问委员会"(IPAB)，从2015年开始就削减医疗保健计划开支提出服务限价式的指导建议。

奥巴马的医改思路体现出较明显的"大政府"倾向，瑞安的医改则更强调"市场之手"的作用。在医疗保健计划的改革上，瑞安提议，十年之后，退休的美国人在享受医疗保健计划福利时，除了选择传统的看病报销方式以外，还可以选择得到大约8 000美元的"看病券"，在这种医疗补贴制下，民众可以从多种打折的医疗项目中自行挑选，通过政府引导的市场竞争，来让保险公司和医院提供物美价廉的服务。瑞安认为，提高医疗保健计划效率的希望不能寄托在15名专家身上。

民主党抓住选民的担忧心理，将瑞安医改"抹黑"，用"狼来了"的语气告诉选民，再过十年光景，每个老年选民都要自掏腰包6 400美元来承担医疗费用。根据瑞安的医改思路，在2022年之后，老年人可以自由选择传统的医疗保健方案，也可以从一串私营保险菜单中挑选，低收入等弱势群体将得到更多补贴。据《华尔街日报》测算，8 000美元的补贴约等于性价比最高的医疗保险价格，如果老年人拿到8 000美元后只花了7 000美元购买医疗保险，那么剩下的1 000美元就归他们自己，6 400美元则相当于8 000美元与市场最贵的医疗保险之间的差价。

归根结底，瑞安是希望将目前医疗保健计划的"福利固定制"逐渐过渡到"补贴固定制"。这一改革思路主要受斯坦福大学教授阿兰·恩托文（Alain Enthoven）等学者提出的医疗体系"管理式竞争"思想的影响。美国凯托学会高级研究员丹尼尔·米切尔（Daniel Mitchell）认为，在美国，医疗补贴制的效果会好于医疗服务限价制，因为实行服务限价，医院为减少损失，将进一步要求患者接受没有必要的各类检查，医疗服务限价也经受不起游说团体的强大影响力而难以持久。在医疗补助计划的改革上，瑞安建议"去联邦政府化"，提高州政府的自主权，将联邦政府的拨款交给州政府，由州政府根据各地的情况自行组织并开展医疗补助计划，力图在十年内节省大约8 000亿美元的开支。

奥巴马医改的"扩容"目标比"增效"目标更容易实现，不论是采用固定报销比例还是医疗限价等方法，美国的医院、养老院都可以水来土掩地规避改革成本。民主党参议员罗恩·怀登（Ron Wyden）等人士摒弃党派观念纷争，坦称瑞安的医疗补贴制是提高医疗保健计划可持续性的主要途径，而政治抹黑将增大探索美国医疗体系增效路径的难度。

美国哈佛大学教授尼尔·弗格森（Niall Ferguson）认为，在大选日到来前，瑞安的风头盖过奥巴马，因为他提供了完整的改革计划，而不是奥巴马式的空洞演说。

时势造英雄，瑞安的崛起，代表着共和党传统经济思潮的影响力增强，也表明美国在医疗等重大改革领域到了关键节点。瑞安的医改提议极具争议性，2012年罗姆尼和瑞安在总统大选中落败表明，美国民众在医疗等重大改革上暂时不愿搭乘可能危及自身利益的"快班车"，但瑞安医改可以作为美国改革探索的铺路石。

美国年轻人也"啃老"

俄亥俄州的詹森和萨拉一家日子过得不算如意。"马无夜草"的詹森一直靠兼职给人开卡车赚钱，收银员萨拉一年前被百货商场因减员增效而辞退，花光了积蓄的他们处境艰难，只得带上自己女儿投靠詹森的外祖父母。

在这种"被四世同堂"的屋檐下，卡夫丁峡谷般的代沟加上不隔音的楼板，每天都在这个农场上奏响家庭烦恼金属乐：信奉"早起的鸟儿有虫吃"的老人半夜会被"夜猫子"上网聊天的键盘声吵醒；吃饭有规律的老人看不惯年轻人隔三差五外出参加聚会、酗酒无度的做派；老人用网络只是收发电子邮件，年轻人上网打游戏却发现农场的网速慢得像院子里停放的老爷车；面对电视机遥控器，大家会因为到底是看西部牛仔片还是女歌手Lady Gaga的表演而争执不休；周末外祖父母已准备出门去教堂时，詹森和萨拉还赖床不起……

"其实我知道他们看我们不顺眼，我继父和妈妈正是因为知道同我们没法过到一块儿去，所以没同意让我们搬回去和他们住的。我们也想搬出农场，但这里企业少，萨拉要想再找一份工作不容易，现在找工作都要有熟人介绍才行。"詹森倒出了一肚子苦水。

在2008年至2010年之间，约有50万35岁以上的美国人被迫搬回去同父母或兄弟姐妹居住；在2009年至2010年之间，被迫搬回去和祖父母和外祖父母一块居住的美国人数增加了8%；2008年至2010年间，美

在美国街头流浪的年轻人，身前的纸板
上写着"无家可归，却未失去希望"

国同一屋檐下出现两个以上家庭的情况增加了11.7%……来自美国人口普查局的冰冷数字表明詹森和萨拉这样的"啃老族"绝非个例。把自立精神看得贵如生命的美国人"啃老",本来就是特定经济形势下的逆历史潮流。

就业市场的改善往往有滞后性,而高失业率的经济、社会及心理负效应则会无时不在。离开华府,其言也真。2011年6月13日,回到哈佛大学任教的奥巴马原首席经济顾问劳伦斯·萨默斯撰文说,从2006年第一季度到2011年第一季度,美国经济的年均增长率不足1%,与日本在泡沫经济破灭后的时期类似;这期间,美国的就业人口比例从63.1%降至58.4%,失业问题严重,很多大学毕业生因为没工作或没积蓄只得回家"啃老";美国应采取一系列果断行动,推动经济增长,扭转经济疲弱走势,避免出现美版"失去的十年"。

詹森和萨拉这样的年轻人是在家中待业,还有很多年轻人虽然在职场打拼,但是在校期间学到的专业知识并无用武之地,我经常在美国餐馆、咖啡厅遇到大学本科甚至是研究生刚毕业的年轻人端盘子。

"我一直在等待更好的工作机会。"这是华盛顿一家知名意大利餐厅服务生马克的心声。平均每小时底薪加小费能拿到大约10美元的马克尽管收入高于当前7.25美元的美国最低法定时薪,但对这位专业是国际商务的本科毕业生而言,的确显得有些屈才。"有现在的这份工作干,我已经不能抱怨什么了,要来应聘餐厅服务生的人还多着呢!"来自缅因州的这位年轻小伙子不敢奢求更多。

来自密歇根州的姑娘丝凯在华盛顿打两份工来养活自己,社区大学有课可教时,她会在马路北边的教室里教外国人学英文,没课可教时,她就在马路南边的星巴克咖啡店里当服务生。这种打零工状况在美国年轻人中相当普遍。美国东北大学和美国智库经济政策研究所的研究显示,2011年在全美国毕业的大学生中,每两人就有一人找不到工作或是在打零工。观察人士将大学生面临的学费高攀和就业市场严峻的双重压力形容为"夹心饼干"状态，如果美国的就业市场持续疲软，那么美国学生的负债状况将会愈加糟糕。

高中毕业就脱离父母襁褓是很多美国人的成长轨迹，大学生靠贷款念完大学的比比皆是。然而，高攀的学费、稀缺的优质就业岗位、涨幅缓慢的工资都让年轻人的负担比父辈沉重。全美约八成的大学生就读于公立大学，近年来地方税源减少使得公共教育资金受挤压，导致大学学费攀升，美国大专院校委员会的统计发现，2011年美国公立学校本科的平均学费比2010年猛增8.3%，而过去10年间，美国大学本科学费上涨了72%。美国总统奥巴马更是道出一个惊人数字：美国这一代大学生自出生以来，大学学费已经翻了一番。白宫的数据显示，美国大学毕业生的平均学费贷款债务负担超过2万美元，美国学费债务总额已超过信用卡负债总额。美联储纽约地区储备银行的统计显示，当前全美国每100个人中就有15个人背负"学债"，美国人的"学债"总额超过8 700亿美元。贵为总统的奥巴马也是在2004年前后才还清大学学费贷款。

与此形成鲜明对照的是，在25岁以下的美国新毕业本科生中，2011年有53.6%的人处于未充分就业状态，这一比率要比2000年高出了12.6个百分点。丝凯和同龄人在咖啡馆和餐厅当服务生拿着每小时七美元左右的最低工资，期待更好的工作机会降临，他们离开密歇根州这样的工业"锈带"，是因为华盛顿的就业机会更多，但是他们所学的技能却在慢慢生锈。

此外，美国就业市场上正在发生结构性变化，对原有的热门专业和社会范式都造成了冲击，也让很多大学生猝不及防。华盛顿智库彼得森国际经济研究所客座研究员霍华德·罗森（Howard Rosen）发现，在过去20年间，随着产业结构变迁，美国高报酬岗位逐渐减少，金融危机加速了这一趋势；在金融危机期间消失的就业岗位中，有三分之二集中在建筑业、制造业、职业及商业服务业、零售、餐饮酒店业这五大行业，前三个行业都是高收入行业；而自从美国就业市场复苏以来，新增总就业岗位中的约六成来自零售、教育、餐饮酒店业、职业及商业服务业这四大行业，而前三个行业都是低收入行业。

"我一直在投简历，明年在社区大学的教职就要结束，我还有一堆贷款要还，心里七上八下的，赚的钱刚好应付房租和吃喝。"24岁的丝凯对未来既憧憬又担忧。

诺贝尔经济学奖获得者罗伯特·索洛（Robert Solow）与我谈及，倘若美国经济真的已经复苏，自然会有大量投资机会出现，也就不会见到企业老板坐拥数万亿美元现金"猫冬"；而在现实中，金融危机之后美国经济漫长的去杠杆化尚未结束，对美国经济和就业市场的长期波折一定要有心理准备。

在金融危机期间，美国损失的工作岗位在800万以上，若按当前速度，美国需要等待十余年才能见到失业率降到金融危机之前的水平，而马克等大量年轻人长期端盘子导致知识"生锈"、长期低工资导致中产阶级梦"褪色"则是关乎一代人是否会成为"被拖垮的一代"的重大社会问题。

而将时间和地理的坐标延长，我们看到一些发达国家的农业从业人口已下降到总人口的3%左右，当我们在为农业生产效率提高而欢欣鼓舞的同时，不要忘记出生在美国的粮仓之州、却已经习惯了每天摸鼠标的詹森一族不愿干喂马这类农活了。和我交流过的一些美国流浪汉说自己买不起地，也不懂如何种地。这倒提醒我们，在享受城市化带来的生活便利的同时，切莫忘记经济在脱离了泥土太远后，也会亮出双刃剑的另一面，长期失业后就会知道生存技能并非仅仅知道该如何拨号上网而已。

增厚版的"花旗多纳圈"

安娜在弗吉尼亚州一家非政府组织工作，快退休的她和丈夫属于美国典型的中产阶级家庭，家庭年收入在10万美元上下。许久都没涨过工资的他们对每笔支出都很在意，"能省干嘛不省"成为安娜的口头禅，寻找商场、超市的各种打折券是她每天看报的要务之一。

美国总统奥巴马等政府官员在推行政策主张时，动辄就会把95%以上的美国人都归为中产阶级，这似乎与现实有脱节之嫌。美国人比欧洲、日本等地民众拥有更强的购买力，这是很多人跨洋对比后的共识，但若把美国的财富分配状况比作美国人爱吃的多纳圈，不妨把富豪阶层占有的社会财富看成是多纳圈本身，而中低收入民众的财富则是多纳圈里的空心层；回首数十年，这个"花旗多纳圈"越变越厚，而空心层则被不断挤压。美国官方数据显示，从1979年到2007年近三十年间，美国最富裕1%的家庭与底层40%的家庭之间的收入差距拉大了三倍有余。

从2007年到2010年是美国贫困人口连续攀升的四年，美国人口普查局的一份调查报告勾勒出"花旗多纳圈"变厚的状态。报告显示，2010年美国生活在贫困线（家庭年收入22 314美元）以下的贫困人口达到4 620万人，为52年来最高，贫困率达15.1%，也即不到七个美国人中，就有一个贫困民众；仅在2010年当年，美国的贫困人口就增加了多达260万人；若计入通胀因素，美国普通民众的家庭收入已萎缩到了1996年的水平。过去十年不仅是美国人贫富悬殊拉大的十年，也是家庭财富"失去的十年"。

　　量入为出，安娜这样的美国民众的消费习惯在悄然改变，这也影响到了嗅觉灵敏的商家的经营之道。2011年9月12日和15日的《华尔街日报》连续用整版的篇幅来描述全球日化巨头宝洁在逐渐调整经营策略。一方面，公司在美国开始推出针对高端和低端市场的不同产品，因为美国的富人和日渐增加的"省钱族"在消费习惯上差别日渐显著；另一方面，宝洁也在紧盯代表着未来"朝阳"的细分市场，由于美国拉美裔人口日益增多，而他们信奉"一分钱、一分货"，在过去十年间，这一群体在洗衣、清洁和个人护理用品上开支的增幅是全美民众平均增幅的三倍，宝洁正在加大对这一"摇钱树"的定向营销力度。

　　其实，努力适应贫富冷暖两重天的并非只有宝洁一家。亨氏正在研发针对低端市场的食品；Saks高级百货商场则在加强奢侈类服装配饰的营销，因为这是该连锁商场里富豪们的最爱……

　　不久前，我在网上买了一家凯悦酒店内餐厅的半价打折券，和家人在此享用牛排时，发现偌大的餐厅周末只有三桌客人。结账时我怯怯地掏出打折券递给侍者，没想到侍者很自然地说"好多客人都用这券"，话音未落，邻桌年长的客人也掏出同样的打折券买单。在大家等待美国经济强劲复苏的日子里，高端餐厅也要放低身价琢磨吸引顾客的法子。

假如美国的购物袋也收费？

　　我在华府一家商场结账时，女收银员面露愧色地说："对不起，我们的塑料袋是收费的，五美分一个。"在偌大的华府，购物袋收费的商场寥寥无几，因而这些"先行者"才会忸怩不安。尽管中国早已执行"限塑令"，但在我到访过的很多美国城市，对购物袋收费的商场和超市

华盛顿市一家商场里的塑料袋收费标识，塑料袋每个五美分

依旧寥若晨星。

在美国这个能源消耗大国，能源利用不合理的现象随处可见：居民垃圾分类远逊于日本；找遍多家大型超市和文具商店，竟然找不到卖笔芯的，只得把才用了一次的签字笔忍痛扔掉；街道清洁工不用笤帚，而用"大块头"加大噪音的吸尘器；在国民酷爱啤酒的美国，很多品牌的啤酒瓶不可回收；我早上不用设闹钟，居民区里动静"翻天覆地"的大功率垃圾车早上7点左右会提供免费"叫早"服务；在美国，西服的功能很多，其中一项是在夏天御寒，我多次穿着长袖衬衣还被一些办公楼里的中央空调吹得涕流不止。

这些做法不仅能源利用效率欠佳，甚至会给你带来不便和不安全。美国很多公路上的夜间照明极差，而公路旁的酒店却鲜有像中国拔卡断电的做法。有一次，我和朋友去弗吉尼亚州的一个音乐厅参加音乐会，我们夜里7点半左右竟然在剧院附近开车转了20分钟找不到路，原因很简单，公路上没有路灯，我们实在看不清路牌，也多次险些和路上飞驰而来的汽车"接吻"。

平日里浪费一度电、一滴水似乎不起眼，但这个超级大国一年消耗和浪费的资源量惊人。美国MSNBC电视台的一则公益广告显示，美国人一年丢弃的矿泉水瓶接起来可以环绕地球190圈。尽管美国很多公共场所设有免费饮水池，但我经常见到美国人买几小瓶矿泉水，喝完一瓶扔一个空瓶，外出自带水杯还未成为流行风尚。

有人戏谑说，如果在美国生活久了，估计要买助听器，因为马路上经常会开过体型威武、噪音惊人的消防车、校车、卡车、哈雷摩托……奥巴马政府近期发布新的汽车能效标准，要求主要汽车生产商在2025年以前，将汽车与轻型卡车的能效标准提高近一倍。这条标准让人拍案叫

体型威武、噪音惊人的哈雷摩托是很多美国人的最爱
开进华府的哈雷摩托车队

好，校车的安全性固然不可忽视，但坐"油老虎"上下学则没有必要。

　　我的邮箱里保留着美国政府发给民众的一封电子邮件，列出了可以节省能源的点子："洗澡多用淋浴，少用沐浴；电脑不用时要关掉；尽量攒一整桶衣服后再开洗衣机；将碗碟尽量风干，少用烘干机……"美国政府既然给出这些建议，至少表明很多美国人平时过日子有些"败家"。

　　我的多位在中国生活的美国朋友已习惯了带购物袋出门，毕竟面对购物袋收费，很多人在意的不是五分钱，而是理性经济人在价格杠杆作用下采取理智的行动，而这种个体的利己举动集腋成裘后，能汇聚为全社会节约资源的利他效果。

开进华府的哈雷摩托车队

车模眼中的底特律和车展

试驾和拍车模是很多人看车展时的必选题。但不要忘记，风采迷人的车模阅人无数，轻倚名车的她们身处城市和车展坐标的交集，自然也拥有观察车展和城市的别致角度。

2011年北美国际汽车展上福特展台的车模塔娅是土生土长的底特律人，多年为福特等汽车公司做车模的她发现，2011年福特的展台比去年面积要大出三成。我也观察到抢走车展风头的自然是底特律汽车三巨头：它们不仅展台面积扩大，布展也更加考究奢华。

车展开幕当日，美国通用旗下品牌雪佛兰生产的沃兰达和福特生产的探路者更是拿下了年度轿车奖和卡车奖，颁奖现场响起的热烈欢呼声和掌声让人不得不正视底特律三巨头在上演王者归来。腰包鼓起来的不仅仅是底特律汽车三巨头，退出底特律车展三年后的保时捷2011年强势回归，捷豹展台设置了服务周到的咖啡区，菲亚特向来客发放精美的纪念品……种种细节都让人感受到众多车商在2010年全球汽车销量创新高之后"不差钱"的底气。

塔娅住在离底特律半小时远的郊区，平日里开一辆庞蒂亚克。代表着"过去时态"的庞蒂亚克让人不禁联想起"汽车之都"陷入困境的2009年。以通用为代表的汽车巨头不堪金融危机和销量下滑的重创，被迫申请破产保护，通用还被迫出售或停产悍马、萨博、土星、庞蒂亚克四个亏损的非核心品牌。当然，这一品牌重组和调整也让通用回归企业经营的本真，即将产能控制在合理规模、提高产品的吸引力以及加大市场营销力度。2010年，受益于美国经济复苏和中国等新兴市场的强劲需求，通用、福特、克莱斯勒打了一场漂亮的翻身仗。

不过，这些汽车巨头在欧洲等汽车成熟市场则遭遇经济衰退引致的寒流，塔娅等当地人也认为底特律的城市面貌虽有改观，但仍旧差强人意。从事车模行业五年的塔娅认为自己是个幸运儿，但她妹妹最近才刚找到工作。在会场服务的几位当地大学生则担心毕业后找工作难，找好工作更难。底特律所在的密歇根州的失业率在车展举办前高达12.4%，为全美失业第二严重的州。

当我问及为何在车展中心门口除了乞丐之外行人寥寥，塔娅坦言，没多少人会选择在城里居住，毕竟底特律市中心是暴力犯罪高发区，所以很多商家都迁

美国底特律市萧瑟的街景

到了郊外，底特律成为一座名副其实的"空心城"，汽车城在美国人心中不佳的印象可见一斑。翻阅热门旅行指南丛书《孤独星球》（*Lonely Planet*）关于底特律的介绍，你也会得到一种衰败颓废的印象："如果你对美国人说你打算去底特律，他们都会竖起眉毛，满脸困惑，问你'为什么去'，并警告你那里是杀人案高发区，城市一片狼藉，人口骤降；底特律什么都不是，你会失望的。"

我自己的亲身体会则比看《孤独星球》时更触目惊心，底特律市区依旧散发着颓败的气息，行人稀少的街道，大白天关门的商店，满目所及总有废墟，住宅区门口密布的"房屋打折出售"的广告牌，这些都和汽车展上热闹风光的场面形成鲜明反差。车展志愿者塔娜告诉我，晚上她仍然不敢一个人在"全美最危险城市"的街上走，她妹妹胆子比较大，晚上会从学校走回家，但包里总是会带一把弹簧刀护身。

底特律曾经荣光辉煌，但目前人口比全盛时期减少一半，已不足100万人。我所住酒店旁的多家工厂的烟囱浓烟滚滚，2010年前10个月，底特律汽车工厂下线的汽车就达到130万辆，比2009年全年的产量还要高出20万辆。然而，鉴于底特律几年前裁员众多和人才外流严重，底特律这座密歇根州最大城市的强劲复苏和转型之路依旧漫漫，美国北部整个工业"锈带"的转型也同样担子不轻。

2011年北美国际汽车展上的车模

03

第三章

美国政治图景

一位美国市长在忙些什么

我告诉美国朋友，观察中国，不能只去京沪等大都市，也要了解中国的"县域经济"，因为这是中国宏观经济与微观经济交集的基本运行单元。美国朋友告诉我，观察美国，同样不能只去华盛顿和纽约，一定要了解美国的中小城市，因为这里承载着美国普通民众的喜怒哀愁和企业家的创业梦想。

在美国，行政建制是"州－县－市"的格局，与中国的"省－市－县"的格局不同，美国的各个城市是经济运行的基本细胞。美国科罗拉多州格伦代尔（Glendale）市的市长拉里·哈特（Larry Harte）与我有过一番咖啡厅对话，从这位市长每天在忙些什么或许能够感受到美国经济的大趋势和民众生活的真实滋味。

头戴棒球帽的哈特活力充沛，帽上印着"美国橄榄球之城"的城市名片，位于丹佛市的这座"城中城"面积不到两平方公里，却是美国第一个拥有职业橄榄球场的小城市，哈特希望能吸引更多球队去当地比赛和消费，零售和餐饮等服务业是当地的经济支柱。哈特坦言做市长不易，这座移民新城尽管人口不足 5 000，当地通用的语言却多达 29 种，也就意味着图书馆、学校等公共设施要努力用 29 种语言为市民提供不带歧视的服务。

这位自 32 岁开始从政的建筑系毕业生每天的生活可以概括为"早上围着山城转，中午围着饭桌转，晚上围着家人转"。尽管年薪仅有区区

1.5万美元，不及美国普通办公族的收入，但哈特却很享受在格伦代尔的生活，喜欢市长这份工作给他带来的挑战。习惯于早起的哈特早上六点多就会起床，在山区骑自行车锻炼，八点半送两个孩子上学，九点到办公室；上午和六个其他市政府的同事忙着处理公务和开会，中饭的餐桌是哈特的另一张办公桌，他经常要和社会各界人士边吃工作午餐边谈工作；每周除了有一两个晚上在外应酬以外，五点半下班后，他一般都会回家陪妻儿吃晚饭。

遭受金融危机以来，美国很多州和城市都经历了失业率攀升、房价缩水、税源减少等艰难局面。由于居民消费谨慎和房产价格缩水，作为地方主要税源的销售税和地产税受到冲击，美国多数城市出现财政吃紧的状况，如何弥补财政窟窿成为美国很多州长和市长的头号难题。

美国各州和城市的税收结构差异颇大，格伦代尔市六成的税收都来自销售税，当地8.1%的销售税中的3.75个百分点归市政府，剩余4.35个百分点归州政府。兼任当地商会主席的哈特对于在当地经营的企业数目如数家珍，近年来年均新增两成的商家给当地消费带来了新鲜血液。但是，周边一些税源更依赖地产税的城市就没这么幸运了。尽管科罗拉多州的失业率居高不下，不过哈特承认自己所在的城市是幸运的，当地的酒店、餐馆、商场没有出现明显裁员的迹象。

不过，市长兼任当地商会会长的现象本身就说明了美国许多城市眼下对于招商引资不遗余力，他也希望吸引中国等国的企业落户当地。布鲁金斯学会的一份报告指出，在美国各州和地方城市债务高攀、预算压力增大的背景下，美国对于外国投资不应再设置高压线，因为外国投资对于加大美国基础设施投资、促进环保等产业的发展显得极为重要。

努力未有穷期，哈特说自己从市长的岗位上卸任后，打算把精力倾注在当地商会上，为这座只有60年历史的新城创造更多商机。在此安家落户的他明白，只有企业经营兴隆，当地居民才能谈得上安居乐业。

美国禁枪缘何难于上青天

2012年7月20日凌晨时分，枪声划破了美国科罗拉多州奥罗拉市的夜空，也刺碎了亿万美国人的心。一名戴防毒面具的年轻男子携带一支AR-15步枪、一支霰弹枪、两只格洛克手枪，闯入正在放映好莱坞大片《蝙蝠侠：黑暗骑士崛起》的影院，向在场观众扫射，造成12人死亡、58人受伤，死伤者包括年仅六岁的孩子和孕妇。与刺耳的枪声不同，美国总统奥巴马和共和党总统候选人罗姆尼则完全"哑枪"。当天都在进行竞选捐款活动的两人对这起骇人听闻的惨剧表示哀悼，但对"控枪"这个敏感话题则只字未提。

奥罗拉枪击案发生五天后，由于舆论压力陡增，奥巴马才不痛不痒地表示："大多数持枪人也会认可，AK-47步枪应当握在军人手里，而非出现在罪犯手中。"这一表述虽然引来叫好声一片，但却存在明显的概念偷换，因为根据1934年的美国《全国武器法》(*National Firearms Act*)，美国民众数十年来就不允许持有AK-47等自动步枪类武器。问题的症结在于奥罗拉枪击案嫌疑人詹姆斯·霍姆斯 (James Holmes) 能否买到行凶的AR-15步枪和轻而易举地购得6 000多发子弹。

罗姆尼的表态则更加含糊："问题的关键在于改变美国人的心。"谁具有改变人心的能力？美国政客看似不像有此等法力。美国宪法第二修正案赋予了公民持枪的权利。在美国，修改宪法的门槛很高，最可行的做法需要国会参众两院分别以三分之二的超级多数票通过，并由美国四分之三的州议会批准方可。近年来鲜见美国民主、共和两党能就重大议题得到国会参众两院的三分之二赞成票，两党影响力各自渗透的美国50个州对重大议题的看法也经常相左，因而在可预见的未来，美国禁枪几乎不可能，而控枪也是条艰难的崎岖路。

美国禁枪难是由多重历史、文化和政治等综合因素使然。美国独特的建国轨迹使得枪支的普及比美国正式建国更早，在农业社会拓荒时代枪支不可或缺，英国殖民地身份带来了与生俱来的心理不安全感，挣脱英国枷锁离不开"枪杆子"，康涅狄格州等地法律规定最初踏上这片土地的16岁以上的早期移民必须持枪，以形成民兵的集体防卫能力，这些原因都造成了美国人对枪支的独特心结。尽管林肯、肯尼迪、马丁·路德·金等美国民众深爱的领袖死于枪下，校园枪击案也屡屡发生，美国的控枪则一直没有突破性的进展，近几年甚至有滑坡的迹象。美国作家克莱顿·克拉默（Clayton Cramer）在《武装的美国：为何枪支会变成美国派一样普遍》（*Armed America: The Remarkable Story of How and Why Guns Became as American as Apple Pie*）一书中如此概括："枪支成为美国很多历史、很多传奇、很多悲剧的漩涡中心。"

法不责众，当前美国民众拥有的私人枪支多达约3亿支，若按3.1亿的人口分配，近乎人手一支，宪法赋予民众的持枪权利在很多美国人看来是不可剥夺的，美国高等法院2008年和2010年的数项判决结果又在一定程度上削弱了地方政府对枪支的管控，奥罗拉枪击案24岁的嫌犯詹姆斯·霍姆斯轻松通过邮购买了6 000多发子弹，没有犯罪前科的美国人在线买子弹和买书一样容易，花上100美元就可以轻松买到大约500发子弹。

美国民众对农牧场生活心存向往，对军人、西部牛仔心怀敬仰，这些因素也使得步枪的"粉丝团"强大，而美国全国步枪协会（National Rifle Association，NRA）更是成为这一"粉丝团"和军火商利益的捍卫者，其成员包括艾森豪威尔、肯尼迪、里根、老布什等八任民主、共和党总统，也成为任何美国总统都不敢轻易得罪的强大游说组织。成立于1871年的美国全国步枪协会致力于维护会员持枪的权利，从1978年以来，该协会的会员人数翻了一番至目前的400万，分会组织和枪支俱乐部遍及全美各地。该协会在美国中西部农业州的会员众多，而这些州中有多个是影响美国总统大选选情的摇摆州，该协会的会员曾向我表露过对任何禁枪的总统用脚投票的态度。

美国枪支泛滥的现状让人担心。《纽约时报》记者彼得·布朗（Peter Brown）和律师丹尼尔·埃布尔（Daniel Abel）在《火力不济——与美国全国步枪协会作对》（*Outgunned：Up Against the NRA*）这部实录作品中提及，在新奥尔良等美国城市，街头帮派成员手里的武器和弹药数量甚至超过了街头警察所拥有的。

美国的军火商代表着巨大的产业利益，军火商又与强力的游说团体形成利益捆绑。美国不仅有加州的高科技"硅谷"，也有东北部康涅狄格河谷地区的"枪谷"（gun valley）。在金融危机期间，美国金融、建筑等行业损失的就业岗位超过800万个，但是军火产业不仅得以幸免，而且生意红火，在2008年至2011年期间，美国军火产业的雇员人数上升了大约三成。在美国全国步枪协会2011年的年会上，美国知名枪械制造商鲁格公司（Ruger）的首席执行官迈克尔·菲弗（Michael Fifer）高调宣称，鲁格公司的目标是要在美国全国步枪协会2012年的年会前售出一百万支枪，公司每卖出一支枪，就会捐给该协会一美元。美国全国步枪协会从1975年以来设立了名号隐晦的"法律行动学会"（Institute for Legislative Action），该学会聘有80余名全职的游说人员，其猛烈火力的公关取得成效，1986年里根总统任内通过的

美国"枪迷"好友向我展示他收藏的手枪

《火器持有者保护法》(*Firearm Owners' Protection Act*) 就是该学会引以为豪的战果。《火器持有者保护法》是给 1968 年《枪支管控法》(*Gun Control Act*) 开倒车。在 1986 年《火器持有者保护法》出台前，美国对武器的交易管束较为严格，禁止跨州的弹药交易，弹药销售商必须登记注册，弹药交易也必须留档。也就是说霍姆斯之类的行凶者难以在网上找到跨境的子弹供应商，不能在囤积了数千发子弹后当局都没有警觉。

尽管很多有识之士奔走相告，但在强势利益团体的阻挠下，多年来美国的枪支管控一波三折。克林顿总统签署的对半自动攻击性武器的十年管制禁令在 2004 年到期，奥巴马总统在竞选期间承诺要延续这项禁令，但他在 2009 年入主白宫后就绝口不提这个议题了。罗姆尼 2004 年在担任马萨诸塞州州长时，义正辞严地宣称"致命的攻击性武器在马萨诸塞州无处容身"，但是进入 2012 年的大选阶段，他对攻击性武器也哑语了。毕竟哪位美国总统候选人都不愿意为了所谓的正义而丢掉数百万张可以影响大选局面的选票。美国禁枪斗士、纽约市长迈克尔·布隆伯格 (Michael Bloomberg) 倒是凭良心说过："美国人有权持枪自卫，但这不等于可以拥有攻击性武器，也不等于可以拥有能把一英里远处的飞机打下来的步枪。"

美国全国步枪协会原本只是步枪爱好者组成的民间团体，目前已经成为保守主义的代名词，也成为美国控枪运动的绊脚石，该协会总裁戴维·A·基恩 (David A. Keene) 从 1984 年到 2011 年担任美国历史最悠久的保守观念游说组织"美国保守派联盟"(American Conservative Union) 的总裁。美国出现枪击事件之后，美国全国步枪协会在公开场合通常会保持沉默，但是如果有哪些议员和市长要借民意东风推动控枪或是起诉军火商的话，这个总部位于弗吉尼亚州费尔法克斯县的强力机构会调动其遍及全美的资源，将此种意图粉碎在摇篮之中，其政治影响力大到无以复加的程度。据《华盛顿邮报》统计，在2010年的国会中期选举中，美国全国步枪协会"钦点"支持的每五名议员中，四人可以当选，成为名副其实的"政治金手指"。美国全国步枪协会1994年出资500万美元帮助纽特·金里奇（Newt Gingrich）问鼎国会众议长，并公开宣称新当选的共和党保守派议员都是"我们自己的议员"。投桃报李，1994年到1996年期间，国会众议院全院对所有重大的控枪议案都未予审议。

财大气粗的美国全国步枪协会甚至不把奥巴马放在眼里。2011年初，美国亚利桑那州图桑市发生联邦众议员加布丽埃勒·吉福兹（Gabrielle Giffords）和选民见面时遭枪击，奥巴马政府想要与美国主要军火商和行业组织举行"武林大会"，商讨枪支管控政策，美国全国步枪协会的执行副总裁韦恩·拉皮埃尔（Wayne LaPierre）傲慢地回应说："我和美国全国步枪协会凭什么要花时间和一群致力于破坏宪法第二修正案的人聊天。"在美国全国步枪协会里摸爬滚打三十余年的拉皮埃尔以给多位政客担任竞选顾问起家，目前成为美国反对控枪的中坚。梳着三七分头、戴着银边眼镜、说话低沉缓慢的拉皮埃尔坚称"宪法第二修正案是美国价值观的核心"。他在公开场合高调宣称要把奥巴马请出白宫，"奥巴马连任失败的那一天，要感谢美国全国步枪协会的持枪会员给他的颜色。"

奥罗拉枪击案发生的同时，联合国193个会员国的军方和商界代表正聚集在纽约联合国总部，进行为期四周的国际武器贸易条约谈判筹备会议，就制订全球首个具有约束力的管控常规武器出口贸易的国际条约展开谈判，对全球600亿美元的常规武器市场进行管控。但是，枪击案并没有加速谈判的进程，在谈判截至的7月27日之前，包括8名民主党联邦参议员在内的51名参议员给奥巴马政府提交联名信，声称该条约会影响美国主权，这意味着这一条约在美国国会已经宣判死刑，使得美方代表团只得搬出商讨时间过于仓促的说辞。美国全国步枪协会在国会山的能量可见一斑。

对于美国的军火商利益得到保护而控枪运动瘫痪的局面，在2012年7月24日的《纽约时报》上，一位名叫默罕默德·胡杜尔（Mohamed Khodr）的读者一语中的："问题在于，我们这些美国民众，受不合逻辑的恐惧、当代人的焦虑和对自由错误认识的驱使，导致我们的政府受到特殊利益团体的掌控，我们的政客惧怕美国全国步枪协会远超过惧怕民众的程度。"

不过，美国军火商的代言团体远不止美国全国步枪协会一家。美国全国步枪协会几十年来在社会上掀起的波澜越来越大，而美国军火生产商最希望得到的局面是闷声发大财并减少政府管制，因而在上世纪80年代成立了专门代表军火生产商利益的美国射击运动协会（American Shooting Sports Council），成为与美国全国步枪协会风格不同的温和派游说团体。

具有讽刺意味的是，可以呼风唤雨的美国全国步枪协会也并非走到哪儿都会有笑脸相迎。该协会总裁戴维·A·基恩的爱子戴维·M·基恩（David M. Keene）2002年在大华府地区用手枪恶意攻击路上的汽车，子弹在打碎了邻车的挡风玻璃后擦着司机的头皮而过，司机险些丧命。法网恢恢，疏而不漏，尽管戴维·M·基恩的母亲辩称爱子从小多次因为精神不稳定入院，这位纨绔公子哥最终被判入狱10年。

1999年4月，科罗拉多州丹佛市郊区的哥伦拜恩高中发生的恶性枪击案造成13名师生丧命，而美国全国步枪协会当年的年会阴差阳错地选在了丹佛召开。时任丹佛市市长的惠灵顿·韦布（Wellington Webb）多次苦口婆心地央求："这里的居民刚刚给惨遭不幸的师生办完葬礼，尸骨未寒，你们就不要再来号召大家多买枪了。"骄横跋扈的美国全国步枪协会执意前往，结果激起民愤。5月1日，该协会的多位高管在酒店内不是被服务生的叫早电话铃声吵醒，而是被数千名游行示威者给惊醒的，示威人群中有很多高中生刚刚失去同学，有很多人含着悲愤的眼泪。

　　美国政客的决策往往是骑着民意的东风在行事，目前反对向攻击性武器实施管制的美国民众多于赞成者，美国政客也无意在这一议题上耗费政治资源。奥罗拉枪击案发生后，盖洛普（Gallup）的民调显示，有47%的成年美国人在家中有枪，该比例达到1993年以来的新高，只有43%的民众同意对攻击性武器进行管制，而在1996年时，有57%的民众赞同对攻击性武器进行管控。由于美国民众短期内看不见严格控枪的可能，血腥枪击案中手无寸铁受难者的场面又让人心寒，再加上反对控枪的游说团体和议员鼓动，促使"以暴防暴"局面在美国反复出现，每次出现恶性枪击事件后，美国军火弹药的销量往往不减反增。奥罗拉枪击案发生的周末，科罗拉多州当地居民申请购枪者激增四成。彭博新闻社的概括形象生动：美国全国步枪协会更像是一个营销组织，其主打产品就是"恐惧"。

　　其实，美国的控枪议题是一个体制性问题和历史遗留难题，但并非无解，而是需要足够的政治勇气和政治智慧。美国第三任总统托马斯·杰弗逊1809年在卸任前曾说过，假如美国遇到什么不幸，那是因为领导人没有足够的智慧来解决危机。

　　在哥伦拜恩高中枪击案发生之后，美国联邦众议员卡罗琳·麦卡锡（Carolyn McCarthy）在国会慷慨陈词："我们可以打败美国全国步枪协会及其党羽，我们需要的只是一点勇气和政治家的气魄。"麦卡锡的丈夫就在1993年发生的恶性枪击案中丧生，儿子在枪击案中头部受重伤，多年来她一直是美国勇敢的控枪斗士，不过党羽广布的美国全国步枪协会至今未被打败。

　　枪支泛滥是美国的社会痼疾，电影、电视中的暴力文化倾向也起到了推波助澜的作用。不过，也不应把这个问题的严重性无限夸大，我周边的美国朋友都没有卷入过枪击案或是遭遇被持枪歹徒勒索的恶性事件。然而，在由很多热心肠人组成的美国社会，冰冷的枪支确实造成了"冷社会"和"暖社会"两个截面。对于这种冷暖温差，奥罗拉枪击案中受伤者的自述极具说服力。22岁的斯蒂芬·巴顿（Stephen Barton）和朋友伊桑·罗德里格斯－托伦特（Ethan Rodriguez-Torrent）是两个典型的美国大男孩，想要在暑假走遍美国，探寻"真实的美国"，他们的"长征"路线是从美国东海岸骑车4 500英里到达西海岸的旧金山。在他们7月19日来到奥罗拉之前，一路上风餐露宿，靠骑单车走了3 000英里，路上遇到送上食物、提供住所、端来热巧克力、让使用自家浴室的很多好心人，他们也领略了美国的壮美风光和多样性文化。他们到奥罗拉是借住在朋友佩特拉·安德森（Petra Anderson）家中，为了感谢朋友的好意，他们特意请佩特拉看《蝙蝠侠：黑暗骑士崛起》的首映式，没想到就卷入了枪击案。伊桑侥幸没有中弹，斯蒂芬身中数弹，佩特拉头部中弹，但是两人都幸运地活了下来。当斯蒂芬养完伤，背起行囊和伊桑继续骑车西行时，他像很多不记仇的美国人一样说道："美国人中有一小群疯子，但这些人毕竟是你所见到的美国人中的一小部分，从大多数陌生美国人那里，你还是能够得到温暖的笑容。"

刚经历美国"冷社会"的两人又成为了美国"暖社会"的一份子，和美国很多为各类弱势群体筹款的美国人一样，他俩想要为枪击事件中的遇害者筹款而骑单车奔走。

60亿美元的昂贵大选

美国选举烧钱，这是人所共知的事实。但若告诉你，观察人士估算，为了2012年的美国总统大选和国会选举，驴象两党总共要"烧掉"大约60亿美元，你恐怕还是会瞠目结舌。

选战一响，黄金万两。从电视广告，到印发传单，再到各地竞选班底的日常开销，一样都不能落下；从幕僚团队的柴米油盐，到竞选人的汽车或飞机旅行，再到给摇摆选民打电话或是登门拜票，每件都是烧钱的买卖。

美国联邦选举委员会（Federal Election Commission）公布的数据显示，从2011年初到2012年6月底，奥巴马的选举就"烧掉"了4亿美元，分项开销也是一串触目惊心的数字，其中最大的开销是电视和广播广告，仅此一项在一年半里就用了8 600万美元，竞选班底的工资和福利花去5 200万美元，邮寄费高达4 600万美元，电话费花了2 500万美元，买电脑花了900万美元，打印费花了900万美元，餐饮开销400万美元……

身处美国，你能够切身体会到政治和金元的无缝对接。享用早餐时，打开电视，听完民主党攻击共和党的电视广告词，再听共和党攻击民主党的电视广告词，这就像美国人生活中的咖啡一样常见。

正如诺贝尔经济学奖获得者保罗·克鲁格曼（Paul Krugam）所言："在美国，金元说话是管用的。"截至2012年7月，共和党总统候选人罗姆尼一个月筹款过亿美元，也是连续第三个月筹款额超过奥巴马，奥巴马所在的民主党阵营就再也无法气定神闲了，因为奥巴马阵营连续三个月花钱超过罗姆尼阵营，但是筹款速度则落后于对手。兵马未动，粮草先行，若是金元"粮草"不足，智囊团绞尽脑汁打造出的檄文也有可能被对手内容平庸的电视广告淹没。

在美国从政，你可以像信摩门教的罗姆尼一样烟酒不沾，但是你必须要掌握两门"武林神功"：首先，你要练就了为公开攻击对手不惜黑白颠倒的厚黑学，其次要懂得在财神爷面前屈尊俯就的"吸金"之术。美国国会山的女不倒翁南希·佩洛西对民主党在2010年的美国国会中期选举惨败需承担主要"领导责任"，但她能在2011年和2012年稳坐国会众议院少数党领袖宝座的一个重要砝码是她堪为民主党内的筹款"一姐"，自2002年到2012年的十年间，她就帮助民主党筹款超过三亿美元。与佩洛西唱对手戏的是共和党众议长约翰·博纳，这位华府高尔夫宿将从2010年的中期选举开始到2012年夏季，就给共和党"吸金"大约8 000万美元，风头之健超过佩洛西。

当前，美国总统候选人往往会选择与本党筹款"捆绑"的做法，也即两块牌子、一套人马，目的是为了能像海绵一样最大幅度"吸金"。按照美国现行的选举法规，每名美国选民最多可向一名竞选人捐款2 500美元，但选民还可选择向驴象两党的全国委员会捐款，最高可达7.08万美元，因此奥巴马、罗姆尼都将自己的筹款本部与本党全国委员会筹款本部合并，为大捞竞选资金敞开方便大门，否则一张晚餐入场券无论如何也卖不出四五万美元的高价。

提及美国的金元政治，就不得不谈及"政治行动委员会"（Political Action Committee，PAC）。政治行动委员会从上世纪40年代就在美国出现，依据美国相关法律，如果花费1 000美元以上用于影响美国联邦选举，就成为所谓的政治行动委员会。据相关统计，1972

年美国仅有113个政治行动委员会，近几十年来，政治行动委员会数量迅速增加，1993年美国已有超过4 000个政治行动委员会，目前各类政治行动委员会超过6 000个。已故美国参议员爱德华·肯尼迪（Edward Kennedy）在1978年给过一段形象的比喻："政治行动委员会的增长速度和兔子繁殖一样快，它们竭尽全力要把每一个参议员都买下来，把每一个众议员都买下来，把每一个议题都买下来。"有人开玩笑说，照目前的势头发展下去，再过几十年，美国靠选举吃饭的人恨不得比靠正经工作吃饭的人还要多了。

有时候，政治行动委员会的名号让人难以识别，很多政治行动委员会同时也是美国重要的行业组织，例如实力强大的美国全国房地产经纪人协会（National Association of Realtors）和美国医学会。政治行动委员会在每次选举中给每位候选人的政治捐款有5 000美元的上限，为了突破这一"火力压制"，近年来，美国的金元政治又出现升级版本。

与以往历届的美国总统大选不同，2012年的大选是"超级政治行动委员会"（super PAC）等金元组织释放猛烈火力的试验田。2010年初，美国最高法院的一项判决结果使得金元的话语权在美国进一步提高。当年，美国高法以5票赞成，4票反对的结果对"联合公民组织"（Citizens United）诉美国联邦选举委员会一案作出裁定，美国高法支持联合公民组织的诉求，允许该组织在预选前30天内播放批评希拉里·克林顿的一部纪录片。此后，各种超级政治行动委员会如雨后春笋般出现，这些组织可以接受的个人或企业捐款不设上限，可以随意开展竞选宣传，从而就使得超级富豪对美国政治的影响力陡增，竞选人自然会成为金元大鳄的利益"代理人"。美国主要的总统竞选人都离不开超级行动委员会的超级马力，奥巴马身后有"美国重点"（Priorities USA Action），罗姆尼背后有"重塑我们的未来"（Restore Our Future）等强力组织的身影。

无论是政治行动委员会，还是超级政治行动委员会，其实都是帮助金钱与权力在美国进行"桥接"的政治实体。筹款文化在美国源远流长，其表现形式也多种多样。若想走亲民路线，竞选人可以给选民做煎饼来套近乎；若想走草根路线，可以学习奥巴马，利用社交网站等途径发动普通民众给他捐款，2012年5月，在给奥巴马捐款的选民中，有98%的人都是出资额不到250美元的普通邻家百姓；若想走贵族路线，可以效法国会众议长约翰·博纳，和他打一场为捐款而举办的高尔夫球，来宾需要掏上1万美元；若要走"零售"路线，可以给选民逐一寄送邮件，用真诚的书信来换取支票；若想走"批发"路线，可以请出影帝乔治·克鲁尼（George Clooney），让他在家中举办捐款晚宴，一晚就帮奥巴马募得1 500万美元；若想走体育路线，可以在最热门的橄榄球、冰球等比赛场馆找到包间，让捐款人享受球星卖力表演和酒水伺候的周到服务；丈夫竞选，不妨兼走"夫人"路线，奥巴马的第一夫人米歇尔·奥巴马已经数十次和各路明星张罗筹款活动，给丈夫提供强有力的经济后盾；你可以选择走"地上路线"，佩洛西和博纳等美国政客的办公室都对公布筹款数字感到荣耀，因为这体现了办公室主人在美国政坛可以翻云覆雨的能耐；你也可以选择走马无夜草不肥的"地下路线"，华盛顿市长文森特·格雷（Vincent Gray）在2010年选举中的竞选资金来路和用途都让人生疑，多年来他也成为美国颇具争议性的人物。

2012年7月20日，在美国科罗拉多州奥罗拉市一家播放《蝙蝠侠：黑暗骑士崛起》的影院发生枪击案后，在外地参加竞选活动的奥巴马和罗姆尼都宣布"圈钱"暂停半日，声称竞选活动来日方长，奥巴马从佛罗里达州提前赶回白宫处理枪击案相关事宜。7月22日，奥巴马改变行程，前往科罗拉多州慰问遇害者家属。但是，7月23日，奥巴马的筹款之旅又快马加鞭地展开，当日他在加利福尼亚州有两场收费昂贵的竞选餐宴活动，第一场有25人参加的活动门票为每张3.58万美元，第二场有60人参加的活动门票也是每张3.58万美元，奥巴马阵营一日就"吸金"超过300万美元。拿人的手短，吃人的嘴软，8月6日，奥巴马在康涅狄格州参加有影视界名流参加的豪华筹款晚宴，"饭票"每张3.85万美元，晚宴主持人则是电影《蝙蝠侠：黑暗骑士崛起》中的女主角安妮·海瑟薇（Anne Hathaway）。

"将钱变为权力，再将权力变为钱，是华府目前的两大产业。大企业和政客是其中的主角，大企业给竞选提供钱，然后要求放松政府监管并得到重要的政府订单。政客从大公司榨出钱来竞选，然后提供政治服务。"2012年毛遂自荐世行行长的美国哥伦比亚大学教授杰弗里·萨克斯（Jeffrey Sachs）在《文明的代价》（*The Price of Civilization*）一书中精辟地概括。

美国的综合国力冠居全球，但是不得不承认，美国的相对经济竞争力和民众对政治机制的信心正在下滑，其中的重要原因是美国的政治机制使然。美国建国之初并无明显的党派之争，如今的华府将巨大的政治资源用于民主、共和两党的斗争。在驴象两党政治斗争的背后，其实是不同利益集团之间的交锋，"共和党盯着25美分的钢蹦，民主党盯着10美分的钢蹦"这句美国老话仍能深刻反映现实。随着有过一战、二战等战争经历的总统和议员过世或退休，目前的美国中青年政客大多缺乏杀伐决断的领袖气质，白宫和国会日渐成为权贵集团的代言场所。无怪乎，美国前驻华大使、共和党总统竞选人洪博培（Jon Huntsman）2012年7月18日在英国《金融时报》（*The Financial Times*）撰文指出美国的政治信任危机：美国建国之父设想建立一个有限政府，其宗旨是培育自由市场，并为全体民众创造一种公平竞争的环境，但是目前强大的经济利益集团让监管者和被监管者之间的界限变得模糊，美国建国之父的愿景正在被一种裙带资本主义（crony capitalism）所代替。

美国民众对美式裙带资本主义也是心知肚明。2012年7月30日，随着美国总统大选的选战日益胶着，盖洛普对美国人进行了一番调查，让民众列出下任总统应当关注的十大关键议题，排名第一的不出意外地花落经济议题，92%的受访者表示出新任总统应当关注创造就业岗位等经济问题，而排名第二的是减少政府腐败议题，有87%的受访者希望新任总统减少美国政府系统内的腐败现象。

美式裙带资本主义是政府高债务等经济难题的重要推手和解决的掣肘因素。中国人容易带着情感因素来对美国政府债务高攀的问题口诛笔伐，认为美国政客用借债度日的方式来维持联邦政府运营是道德沦丧。其实这不是一个道德问题，而是一个积重难返的体制性问题，你不要仅听美国政客说些什么，关键要看他们做些什么，债务问题在美国政客日程表上的排序并不靠前。美国的公共债务在2012年夏季已经达到16万亿美元，总量高居全球之首，但在可预见的未来，这不会是最高，只会更高。换而言之，任何一位新入主白宫的总统都难以轻易扭转这种局面，由于两党都不愿意得罪选民而大幅加税，两党也不愿意削减各自在意的政府开支，结果必然是政府入不敷出，这是一个并不复杂的算术题。在过去三十年间的美国政坛，由于金元和政治的共生关系日益紧密，萨克斯总结说，美国两党在五大议题上形成了稳定的共识：首先，给选举"金主"提供低税率；第二，将公共工程承包给人脉深厚的私人老板；第三，讨论税收、政府开支议题时，不顾政府的高债务问题和财政纪律，将难题留给下一代；第四，尽管国内教育等其他项目的开支紧缩，依旧要维持高额军费开支；第五，缺乏长远的治国思维和预算战略。

2012年美国大选共和党副总统候选人保罗·瑞安在政坛的一位伯乐是前任资深众议员杰克·肯普（Jack Kemp），出身中产阶级家庭的瑞安朝气蓬勃，但也不免会从他身上看到美式裙带资本主义的影子。美联社在2012年8月17日报道，1996年，肯普得到提名成为共和党副总统候选人，在参与竞选的过程中，瑞安是竞选团队飞机上陪伺肯普左右的智囊；瑞安日后竞选众议员时，肯普为他摇旗呐喊；瑞安进入国会山之后，老上司肯普的家人又进入瑞安的办公室实习。

钱总会找到用武之地，与超级政治行动委员会相伴的是大量用露骨言辞攻击竞选对手的竞选广告，对手也会"以毒攻毒"，这种广告会在各大电视台全天候滚动播放，形成语言垃圾，对美国社会的凝聚力不啻一剂毒药。"美国风范"（Civility in America）网站2012年7月31日在《华盛顿邮报》上刊登整版广告来批评这种现象，因为78%的美国人对当前选举政治的恶毒基调感到厌烦，64%的美国人认为攻击对手的竞选广告在破坏美国的政治进程，美国政治的基调必须要改弦更张。该组织用林肯的名言"家庭不睦，万事不兴"为美国政治机制敲响警钟。人微言轻，这一点公益广告改变不了美国金元政治的轨迹。

2012年的美国热门电影《竞选》（Campaign）将这种金元政治闹剧刻画得入木三分。当电影中的中国商人向美国商业大亨提出"美国选举政治有不可测性"的问题时，美国商业大亨很有把握地回答："只要竞选资金充足，就没有不可测性。"电影中争取连任的众议员卡姆·布雷迪（Cam Brady）和筹款人吃饭时拿到50万美元的竞选资金，欣喜过望的布雷迪当着太太的面说道："太好了，如果你们给我一百万美元的话，我把太太都给你们。"

"高尔夫峰会"独缺"友谊"

美国总统奥巴马和国会众议长博纳时常"兵戎相见"，2011年6月18日却在高尔夫球场上搭档，打败另两位华府高球名宿副总统拜登和俄亥俄州州长约翰·卡西奇（John Kasich）。谈笑风生的奥巴马和博纳赢得了两美元赌金，但在球场外，奥巴马的民主党和博纳所在的共和党阵营之间，明争暗斗从未止息。

当天的"高尔夫峰会"在安德鲁斯空军基地开杆，奥巴马与好友常来此挥杆。观察人士统计，奥巴马若延续目前下场打球的高频率，应该能创下白宫主人打高尔夫球的新纪录。

奥巴马的高球装备堪称精良，Ping牌球杆、Nike球衫、运动手表和帽夹等发烧友级装备一应俱全……博纳的装备也毫不逊色，两人酷爱高尔夫球，尤其是皮肤晒得黝黑的博纳经常出入私人俱乐部打球而饱受美国民众诟病。

有媒体质问，在失业率居高不下、经济复苏乏力之时，美国政客们依旧沉迷于打高尔夫球，让民众作何感想？白宫发言人卡尼避重就轻地回答说，奥巴马和博纳两个高尔夫球迷只是换个地点社交而已。

尽管高尔夫练习场每颗球10美分左右、公共高尔夫球场下场打球几十美元的价格对美国人而言并不算贵，但在美国，社区的网球、篮球等

白宫南草坪的高尔夫果岭

球场往往是免费开放，因而不宜穿美国人喜欢的牛仔裤、圆领衫下场的高尔夫球，多少让人感觉有点贵族运动的味道。奥巴马下场打球多，给一些民众留下"不务正业"的印象。奥巴马的资深顾问戴维·阿克塞尔罗德（David Axelrod）在"高尔夫峰会"第二天就为奥巴马的务实风格和中产阶级执政路线辩护，但还是有人担心2008年助力奥巴马入主白宫的"工友牌"、"平民牌"可能会失效。

奥巴马和拜登的搭配本让人觉得是新鲜血液加沉稳老练的绝佳组合，但这次"高尔夫峰会"让很多人的注意力转移到白宫主人在《高尔夫文摘》（*Golf Digest*）的球技排名上。奥巴马在这一美国政客和商界大鳄球技150人榜单上名列第108，拜登的排名高居第29位。博纳排名第43，卡西奇虽未见上榜，但也是华府公认的高球好手，更是共和党内的预算鹰派，前总统克林顿执政当年遭遇预算"阻击战"时，卡西奇就是唱对台戏的众议院预算委员会主席。

尽管奥巴马与博纳在高球场上搭背言欢，但绝不提"妥协"二字的博纳不仅在高尔夫场上技压奥巴马，也是谈判桌上的可怕对手；更不要忘了在这150人榜单上，共和党政客多达37人，面对代表富豪阶层利益的庞大老牌和新科议员班底，要让共和党在提高个人收入所得税等议题上让步绝非易事。虽然"高尔夫峰会"选在了奥巴马的"主场"举行，但共和党人在2011年初夺取了众议院领导权之后，华府的预算和各类经济议题谈判已不再完全是"奥氏"主场了。

高尔夫（GOLF）是"绿地（Green）、氧气（Oxygen）、休闲（Leisure）和友谊（Friendship）"四个英文单词的首字母缩写。"高尔夫峰会"当天，华府阳光明媚，和风扑面，博纳和拜登更是身穿运动短裤打球，华府前三个要素都不缺，独缺贯通国会山和白宫的宾夕法尼亚大道上许久未现的真正友谊。

将贪婪"杠杆化"

2011年10月7日的《今日美国报》刊登了一幅发人深省的漫画：华尔街两位金融大鳄看着楼下密密麻麻的"占领华尔街"示威者，一位说："他们竟然在抗议'贪婪'。这个主意真妙啊！"另一位答说："我们肯定能想出将'贪婪'杠杆化的办法。"

漫画中楼上楼下者生活在不同的世界里，而这也在美国现实中存在。尽管大多数普通美国民众不知何为"杠杆化"，但是次贷危机引发的金融危机将高杠杆化和金融过度创新的弊端暴露无遗。在金融危机发生前，美国投资银行通过以小搏大的杠杆化操作，赚得盆满钵满，但是也积聚起了巨大的系统性风险，有数据显示，金融危机前，高盛、摩根士丹利、美林、雷曼这四家美国最大投行的杠杆率从2003年的平均19倍左右增至2007年的28倍左右，最终导致金融危机海啸爆发。危机结束之后，美国经济面临的一个严峻挑战就是银行业和普通家庭减少债务的去杠杆化进程，这影响银行的放贷活动和普通家庭的消费热情，从而抑制美国经济的强劲复苏。

"占领华尔街"后来演变为"占领华盛顿"等遍及美国各地的占领活动。这一思潮似乎还难以成为推动美国政经制度全面改革的动力，但示威者愤怒的口号、露宿街头、同保安发生冲突的场面实属自上世纪60年代美国民权运动后所罕见。

如果说失业率长期居高不下、贫困率多年攀升、居民财富缩水都是

这场草根运动的经济导火索,盛行的金元政治和常见的权力寻租则是让人对美式民主模式生厌的深层次原因。华盛顿一位老出租车司机曾对我说过:"这是两党狗咬狗的一座城市,那些穿西服的人可不是给我们这些穷人代言的,他们对游说团体云集的K街俯首称臣;他们想要的只是我的选票,我觉得恶心,好多年都不去投票了。"

国会山流传着这样一个说法:任何上洗手间的议员后面都会有说客跟着。这显然言过其辞,但在这个选举频繁、选举被"金主"控制的国家,议员们为政"心不在焉"则是不争的事实。以一个刚当选的众议员为例,任期两年的他可能需要花上半年熟悉人头,又得至少花上半年来忙连任筹款和竞选,一年"办实事"的时光里还有多次国会休会期,真能让他安心做事的也就是大半年。即便如此,他还要花大量时间应付捐款人、游说团体和选民,参加各类社交活动和党派内部会议,因而你难得能在国会山的某场听证会上见到所有议员都按时到场,他们争分夺秒地发完言后拔腿从后门走人是家常便饭,议员坐在那认真做笔记则会让人觉得刺眼。

在花旗民主体制下,衮衮诸公接受巨额竞选捐款并报之以李不算受贿;两党议员开口闭口谈创造就业,但奥巴马的多项就业方案被国会肢解,任何"姓奥"的大规模就业计划都难以在国会过关,要建立基础设施银行来撬动基建投资的理念早已说烂,但许多大型工程的审批长达十年,政客们将这种低效的政治运作模式美其名曰"精妙的理性机制"。

尽管两党"掐架"常年不断,两党和各自利益团体之间的利益输送则可以实现"无缝对接"。五百多位议员个个熟背美利坚宪法,但他们的主要关切是如何把"肉"带回选区和确保连任。以参议院重臣、财政委员会主席马克斯·鲍卡斯(Max Baucus)为例,他本应以政府平衡

2011年在华盛顿市K街附近麦克弗森广场的"占领华盛顿"活动

预算为己任，2010年奥巴马任命的全国财政责任和改革委员会提出削减政府赤字方案，被各界认为是难得的苦口良药，但鲍卡斯考虑到所属的蒙大拿州的能源企业的利益会受损，竟然对这一药方投了反对票。

美国作为世界头号强国和最富创新活力的社会无人质疑，但美国处于相对衰落的进程中也是学界的共识。恐怕数十年后回首，美式民主的机制性沉疴要算是美国衰落的重要诱因。2012年，华府的一位知情人士对美式政经集团之间的利益输送格局猛烈开火。金融危机期间美国政府推出了7 000亿美元的不良资产救助计划（TARP），国会为了监督资金使用而设立了TARP特别监察长一职，前任特别监察长尼尔·巴洛夫斯基（Neil Barofsky）出版的《救助》（*Bailout*）一书将火药桶对准了美国财长盖特纳等金融监管者，因为TARP不仅在项目设置上有让华尔街数家巨头获利之嫌，而且美国国际集团（AIG）等金融"肥猫"左手拿救助资金、右手慷慨分红也是这些监管者亲批的，美国国际集团的一个厨师都拿到了7 000多美元的分红。

联邦检察官出身的巴洛夫斯基疾恶如仇，他回忆2010年时，时任财政部负责金融稳定事务的助理财长赫伯特·艾利森（Herbert Allison）以朋友的口吻提醒他，对财政部的批评不要太尖锐了，不然在华府树敌太多，以后想在美国法院系统谋份差事都难。

在金融大鳄缴纳的个人收入所得税率比自己秘书还要低的美国，白宫提议要向富人加税时，黑石集团董事长史蒂夫·施瓦茨曼（Steve Schwarzman）竟把这一动议称作"希特勒向波兰入侵"。在这些金融大亨看来，这是他们可以将贪婪杠杆化的国度，胆敢反对的总统则显然没有摆正自己的位置。

错位的白宫和国会山

"来，快给我以白宫为背景，拍一张照片。"这是在国会山常能听到中国游客说的经典台词。将白宫和国会山混淆的中国游客之多，不少于分不清天安门和故宫关系的美国游客。中国游客这种普遍的认知偏差并非简单的口误，而是对华府的城市布局和美国政治运作机制的盲点所致。很多中国人对白宫会有心理仰视，认为白宫永远都是美国政治决策的中枢，国会、法院则是可有可无的辅助机构，事实上并不尽然。

如果说北京城中心的布局是以南起永定门、北至钟楼的中轴线进行对称的铺陈排列，华府城市布局的坐标轴原点是国会山。华盛顿城中心几乎是一马平川，法国设计师皮埃尔·查尔斯·朗方（Pierre Charles L'Enfant）1791年帮助美国建国之父筹划新都布局时，就决定将国会坐落在城东的詹金斯山（Jenkins Hill）上，人们因此将国会建筑群称作国会山。古树环绕、绿草如茵的这座小山不仅是美国重大法案的发源地，也是很多当地人跑步、散步的绝佳去处，如今人称白宫的总统官邸则位于城西的另一片矮山坡上。不过，你目前看到的白宫是总统官邸"整容"后的模样，1814年8月，美国民兵在首都保卫战中败北，英军攻占华盛顿，麦迪逊总统被迫逃离白宫，英军将总统官邸付之一炬。1817年秋季，詹姆斯·门罗成为第一位搬进翻修过后的总统官邸的美国总统，后人把白色墙面的新总统官邸称作白宫。华府城市布局以国会山为中心，向城的东西和南北方向呈放射状铺陈，分作东南、西南、东

"大个头"美国国会大楼

北、西北四块区域，东西向的马路按照离国会山的远近分别用A、B、C、D等英文字母依次标注，南北向的马路按照离国会山的远近分别用1、2、3、4等阿拉伯数字依次标注，从国会山向西北和西南方向延伸的大道分别为宾夕法尼亚大道和马里兰大道，华府其他斜向的大道基本也用美国各州的名号来命名，白宫的地址是在华盛顿市西北区宾夕法尼亚大道1600号。华府的各个地址都是这个国会山坐标系上的一个点，世界银行总部的地址是华盛顿市西北区H街1818号，从世行的地址你可以看出，要步行至国会山旁，需要往南走上7条街，再往东走上18条街。

与美轮美奂、高达88米的国会大楼相比，地上四层、地下室两层的白宫并不起眼，个头还不到国会大楼两侧参众两院六座办公楼里的任何一座，由此你可以想到美国建国之父当年在将立法权、行政权、司法权分配时的倾向。厌倦了英式王权斗争的美国开国先贤在宪法的第一条就对民权做出了安排，规定了国会两院的构成和职能。为了避免美国行政首长沦为傀儡，建国之父在设置三权分立政治构架时，赋予了总统对国会议案的否决权，但这仅仅是一种相对的否决权，国会两院可以在总统行使否决权之后，再用三分之二的超级多数票再次通过议案，使得总统的否决无效。总统若有严重的行为失当，国会还可以启动弹劾程序。

国会大楼和两侧的办公楼之间有地下小火车相通，在这种每节车厢里只有四个座位的小火车里，你可以偶遇大名鼎鼎的美国政治明星。有趣的是，从费城迁都华府后，美国最高法院因为没有自己的办公楼，在1935年高法大楼建成前，一直都"寄居"在国会的办公楼里。1929年，时任美国高法首席大法官的威廉·塔夫脱（William Taft）据理力争，认为美国高法借用国会的办公楼不利于维持立法权、行政权和司法权之间的制衡关系，美国高法才开始在国会山对面兴建办公楼。奥巴马

"小个子"美国白宫

医改是美国三权分立与动态制衡状态的一个极佳例证，奥巴马政府在2010年推动提高医保覆盖面的医疗改革，并由国会投票通过而成为法律，但是不愿配合医改的地方政府将联邦政府告上美国高法，美国高法在2012年6月裁决奥巴马医改的核心内容不违宪，这一判决牵动了几乎所有美国民众的神经。白宫发言人卡尼称无法从守口如瓶的美国高法提前获取内幕消息，6月28日美国高法判决当天，自称很少看电视的奥巴马也紧张地守在电视机前，因为九位法官的判决将决定他的主要政绩是生还是死。

美国国会是一个两院制的安排，分为参议院（Senate）和众议院（House of Representatives），相当于英法等国的上院和下院。两院制源起1787年建国之父们的"伟大妥协"（the Great Compromise of 1787），根据这一妥协精神，不论各州的人口多寡，都可以在参议院拥有两名参议员，实行等额代表制，以确保特拉华等小州拥有与弗吉尼亚等大州平等的话语权；众议院的席位则根据人口多寡来分配，实行比例

代表制，以确保大州的发言权。众议院的"草根"意味较浓，按照詹姆斯·麦迪逊总统的说法，众议员要"直接依赖民众，深切地同情民众"。参议院的"长老"意味更浓，在1913年美国通过宪法第17修正案之前，参议员是由各州议会推举而非各州选民直接选举产生。目前，美国50个州共有100名联邦参议员，副总统兼任参议院的最高领导，如果出现50对50票的投票结果，就由副总统投票来决定议案的命运；众议院目前共有435名联邦众议员，要想取得众议院的主导权，需要至少拿下218个席位，多数党的领袖是众议长。

在美国，大多数议案都需要两院通过完全一致的版本并由总统签字生效，这也是立法过程冗长曲折的重要原因。关于设立两院的必要性，两位建国之父乔治·华盛顿和托马斯·杰弗逊之间有过这样一段"杯碟"对话。杰弗逊问："既然国会设立了众议院，为何还要设立参议院？"华盛顿反问："为什么根据现在的习俗，要把咖啡杯里的咖啡倒进咖啡碟再喝？"杰弗逊说："是让咖啡变温后好入口。"华盛顿答道："设立参议院正是要让众议院的议案降温。"

由于参议员的任期为六年，远长于众议员两年的任期，建国之父希望参议员能避免政治短视，为国家的长治久安出谋划策，重要人事任命和缔结条约的权限只属于参议院。与英国议会贵族院等荣誉性质的上院不同，美国国会参议院在人事、预算等重大政策议题上具有重大话语权。

可以说，美国建国之父的政治框架性安排达到了政治"降温"的效果，甚至出现了参议院对正常的国家运转"泼冷水"的局面。美国建国之父用心良苦地希望达到权力制衡、鼓励理性思辨的效果，但他们想不到的是，如今国会山的地理坐标未变，但是政治坐标已经改变，目前的国会是围绕两党制的政党制度在运转。在华盛顿和杰弗逊经典对话的两百多年之后，美国国会频繁上演的"杯碟"之争恐怕会让华盛顿大跌眼镜。开国精英的政治理想主义已是昨日辉煌，在华盛顿执政时期，美国没有明显的政党派别。到了亚历山大·汉密尔顿和托马斯·杰弗逊等人主导美国政坛时，尽管联邦党人和反联邦党人在经济议题上存有分歧，但并未出现频繁撕破脸皮造成国家机器停顿不前的情况。19世纪早期执政的詹姆斯·门罗总统因为没有遇到明显的党派斗争，度过了"感觉良好时代"（Era of Good Feelings）。如今，"感觉良好时代"不复存在。在2010年的中期选举后，共和党赢得了众议院的主导权，民主党手握白宫和参议院，华盛顿再次进入"府会分治"期。白宫位于华盛顿宾夕法尼亚大道西北侧，国会山位于宾夕法尼亚大道东南侧，当国会两院和白宫都在同一政党手中时，美国政治权力会在宾夕法尼亚大道上"西进"，美国建立社保体系等重大改革往往在这种时期通过；在"府会分治"期，政治权力则"东移"，导致重要立法面临极大阻力。

历史经验表明，如果美国政治权力在宾夕法尼亚大道上"东移"之后，政治决策往往会变得波折不断。以民主党的克林顿总统为例，在入主白宫的1993年和1994年，国会也在民主党手中，若以通过的重大法案数量来衡量，他是自上世纪60年代的约翰逊总统以来执政成果最丰的总统；但是当共和党在1995年夺回国会的主导权后，克林顿反而成了立法成果最少的总统。不过，内行看门道，对于美国的"府院之争"，不应只用悲观的心态看待，现实的美国政客内心总有不敢逾越的红线，正如从30岁就开始担任参议员的美国副总统拜登所言，华盛顿的机制最终会解决华盛顿的问题。2011年春夏时分，共和党在预算谈判时多次向民主党"勒索"，但始终不敢突破造成白宫关门的"红线"，共和党的前车之鉴就是1995年众议长纽特·金里奇给白宫"断粮"，导致白宫没有经费而关门，最终令失去民心的共和党在选举中失利。在华府的政治生态圈，两年河东，两年河西。在出现白宫关门危机之后，1997年克林顿的民意支持率高达国会的两倍，但是1998年克林顿与莱温斯基的性丑闻事件曝光，使得克林顿灰头土脸地在国会山接受国会议员的弹劾质问。

体制因素是造成美国党派之争频发的重要原因，国会的构架和权力制衡机制过于精细，反而容易出现部分强势团体利用规则力推政治边缘主义。美国435名联邦众议员两年任期结束后全部重选，美国是全球主要发达国家中国会议员任职时间最短的国家，100名联邦参议员每两年要改选三分之一，选期过于频繁，导致华府"选票主义"至上。美国最激烈的"杯碟"之争往往出现在某一政党多年下野后再度夺回国会之时，迫切的"话题效应"和为了兑现选举承诺，使得议员登上不计后果的"战车"。克林顿总统时期的白宫关门风波就发生在共和党自1954年以来再度获得众议院主导权之后，新任众议长金里奇将政治边缘主义演绎到极致。

美国国会参议院并非采用英国等国的简单多数投票制，参议员可以用"阻挠议事"（filibuster）这一"核武器"来达到本州或是本党的目标。参议员可以站在台上不停发言来阻挠议事，他在台上读宪法也可，反复把议案念上十小时也行，目的就是消耗时间并为自己反对的议案设置路障，为了清除此类路障，必须要有60名以上的参议员联合反对方可。民主党和共和党中的一方会在参议院占有主导权，但不一定能达到60个席位，这就表明少数党在大多数议题上具有否决权，争斗频繁的党派政治将参议院的路障作用放大，美国国会参议院也成为发达国家议会里最有权势的上院。奥巴马执政期间的金融监管改革等重要法案都是卡着参议院60票的门槛涉险过关，在2010年中期选举后，民主党在参议院不足60席，因而民主党在人事和财政等重要议题上，拥有主动权，但没有决定权。在奥巴马执政的2011年和2012年，其内阁中的多名部级官员都是由"代理部长"行使职权，理由很简单，因为正式的部长任命频频在参议院提名听证会上头撞南墙，或是因为民主党担心共和党设置路障，根本就不去自找没趣了。

2012年美国大选共和党副总统候选人保罗·瑞安这样概括，当前华盛顿的行事方式和建国之父的美好愿景已然不同，如今的政客为了目的可以不择手段，甚至如何解读和调整宪法都在为现实目的服务。

在美国当议员，不仅要有坚强的身体，更要有坚强的心脏，美国的国会议员会因为肩负三重互相掣肘的使命而人格分裂。首先他们是代表所在选区利益的，选举资金来自地方，如果无法为当地民众的"局部利益"服务，将难以连任，他们是一些"选举动物"。其次，他们要服从所在党派的观念"洗脑"，民主、共和两党内部有着严格的身份排序，新科议员甚至连办公室的采光条件都是最差的，他们是一些"党派动物"。最后，作为有理想的从政人士，他们希望能够给华府带来改变，希望能提高美国民众的福祉，美国的第四种权力——"媒体"也在紧盯议员的每一次投票是否兑现了选举承诺，他们是一些"政治动物"。但是，这几重使命之间经常会不可避免地发生冲撞，带着希望来到华府、带着失望离开华府，是很多议员的心路历程；嘴上说要为国家利益考虑、投票时又要考虑党派纪律和地区利益，这是很多议员内心的纠结。正因为肩负三重艰巨使命，美国国会经常会出现周末"空城"和平时开会"空场"的局面，观察人士统计，参议员平均每年有将近三个月会呆在家乡，众议员则有四个月要"驻守"所在选区，议员们在华盛顿的时间也要应付庞杂的事务，只有不到四成的时间用于国会的立法工作，出席听证会也往往是轮流发言后就各自走人。

正因为如此，美国作家马克·吐温（Mark Twain）将美国国会议员形容为"特立独行的犯罪原住民阶层"。

美版 "婚姻式" 大选

在选情胶着的2012年美国大选投票日之前,奥巴马抛出了年收入在25万美元以下的美国家庭延续小布什时期的减税政策、年收入超过25万美元的富裕家庭将要加税的口号。定睛一看,此语似曾相识,奥巴马在2008年首次竞选美国总统时,提出了如出一辙的口号。回首四年,即便是在2009年和2010年民主党掌握国会参众两院的大好光景下,奥巴马所在的民主党也没有使用足够的政治动员力去兑现这一承诺。这倒是恰恰说明,美国大选好似一场"婚姻式"的政治皮影戏,政客是戏中人,看众亦无须太过认真。

美国总统候选人对选民的承诺像是新郎在婚前的甜言蜜语,减税、维持医保福利不变、打压贸易伙伴、让海外制造业岗位回流美国……选民未婚妻想听什么,政客未婚夫就说什么。"婚前"的承诺和"婚后"的现实生活往往会有差距,中产阶级不增税这一承诺容易实现,让富人加税这一承诺至今无法成真,因为绝不让富人加税也是共和党未婚夫对共和党选民未婚妻的山盟海誓。

美国总统候选人在婚前可以毫不忌讳地罗列承诺,但成为白宫主人

1　2012年美国大选科罗拉多州丹佛市首场总统辩论会场各国媒体云集
2　2012年美国大选前弗吉尼亚州亚历山大市街头民主党和共和党的展台"做邻居"拉选票
3　2012年美国大选科罗拉多州丹佛市首场总统辩论会场外的卡通版"奥巴马"和"罗姆尼"

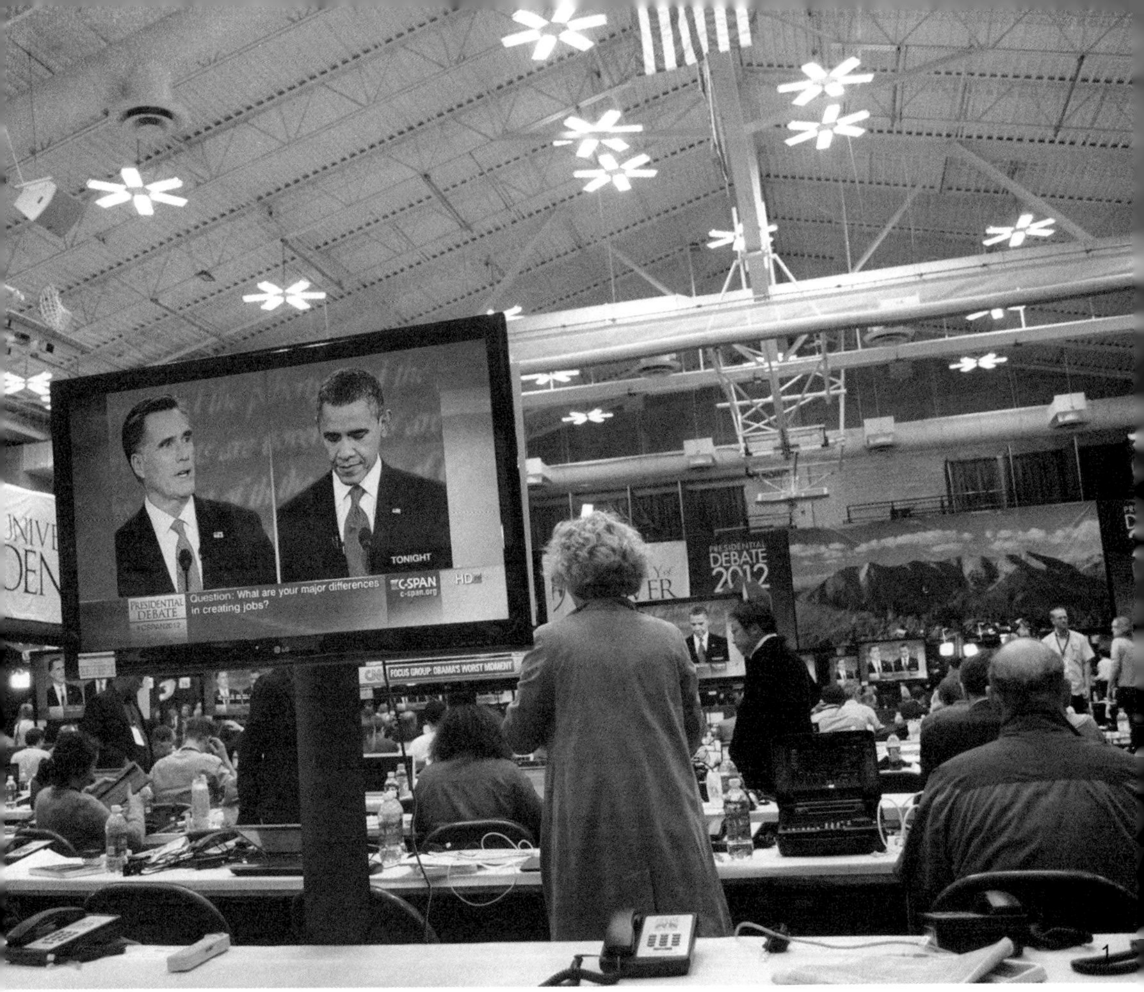
TONIGHT
Question: What are your major differences
in creating jobs?
C-SPAN
c-span.org
HD
PRESIDENTIAL
DEBATE
FOCUS GROUP: OBAMA'S WORST MOMENT
PRESIDENTIAL
DEBATE
2012
1

ROMNEY
OBAMA
BIDEN
2012
2

3

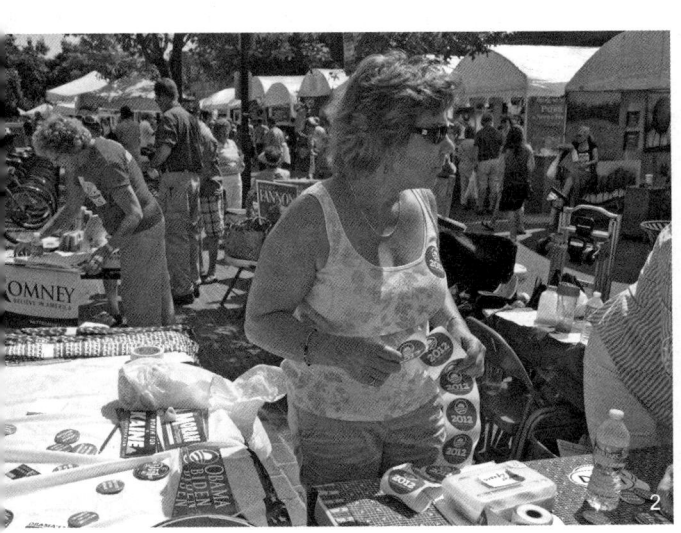

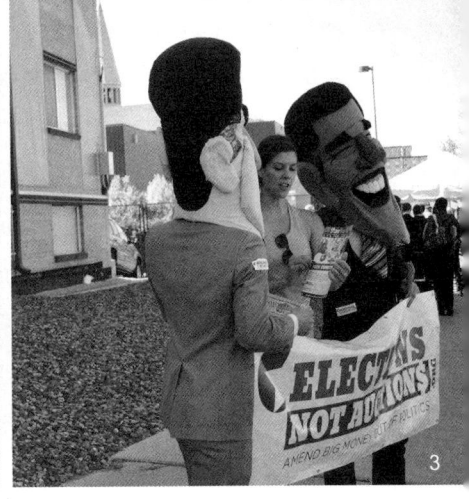

之后，就得当好三亿多美国人的家，柴米油盐醋样样都要烦心。偌大的美国，民众的价值实现方式和利益代言团体的多元化程度很高，这也意味着，解决美国的任何大问题都会耗时靡多。奥巴马调侃说，在白宫呆上四年，自己的白发陡增。

结婚不仅是男欢女爱如此简单，也是两个家庭组合的社会系统性工程，女方父母对新郎的钳制促使大家庭形成三权分立与制衡的关系。女方父母若是喜欢新郎，那么新郎的日子就过得顺风顺水，奥巴马第一任前两年通过的金融监管改革法案和医改法案就是国会参众两院掌握在民主党手中的产物。与之相反，若是女方父母对这段婚姻不满意，那么任凭新郎如何折腾，也难搞定家务事，在奥巴马第一任后两年，国会众议院掌握在共和党人手中，白宫接连碰壁的预算案、就业促进法案都是明证。

做一个未婚夫，你只要有突出的优点即好；做一个新郎，你不能有明显的缺点。给新能源企业补贴贷款出现损失，失业率在2010年反复波动，标普在2011年调降美国长期主权信用评级……这些不完全由奥巴马左右的经济事件的责任都记到了他头上。

结婚前未婚夫只用和未婚妻浪漫约会，结婚后不论乐意与否，新郎都要和新娘的七姑八姨打交道，姑婆的脸色转瞬即变。2012年11月6日美国大选投票日，投资人士预测奥巴马连任的机率较大因而美联储量化宽松政策能得以延续，纽约股市以高涨收盘；11月7日美国大选投票结果公布后，共和党依旧占有国会众议院的主导权，显示华盛顿瘫痪的"府会分治"状态可能要延续到2014年国会中期选举后，美国的"财政悬崖"解决进程将曲折艰难，纽约股市又以大跌的面孔给大选结果泼冷水。

在美国总统大选中败北的罗姆尼曾言，奥巴马已成为华盛顿局中人，无力改变华盛顿，不如给他这个局外人一个机会。可以想见的是，即便是罗姆尼赢得了大选，他马上就会进入围城，同样摆脱不了美国"婚姻式"大选政治的范围。

美国 "旋转门"

　　2011年卷入公司投资巨亏丑闻的曼氏全球期货公司（MF Global）前总裁乔恩·科尔津（Jon Corzine）引发美国人热议。2011年12月8日他在国会出席听证会的一幕让人感到颇具美国讽刺意味，不仅是因为这位身陷囹圄的金融大鳄富可敌国，更是因为他曾在国会山和地方政府权倾一时，是美国普遍存在的"旋转门"现象（revolving door）的代表人物，最终他也迎来了身败名裂的一天。美国人今天跨进政界大门，明天跨进学界大门、后天又跨进商界大门的"旋转"现象比比皆是。

　　风险激进型的科尔津早年在投行业打拼，后来位居高盛首席执行官，赚得盆满钵满的他在2000年弃商从政，自掏腰包6 000多万美元，通过豪华竞选拿下了新泽西州联邦参议员的宝座，创下了美国参议员选举的最昂贵记录。2005年，他又砸钱7 000多万美元赢下新泽西州长选战，因为花费靡巨，美国人说科尔津是用钱把新泽西州给买了下来。过足了官瘾的科尔津在2010年又弃政从商，当年3月出任曼氏全球期货公司总裁，这位红顶商人也是奥巴马谋求连任的主要筹款人之一。

　　美国政坛和商界之间存在利益输送是公开的秘密，美国民众对此颇有怨言。2010年美联储在推出饱受质疑的第二轮量化宽松货币政策（QE2）之后，网上马上出现一段有数十万人点击观看的动漫视频，这段名为"解释QE2"的视频用两只小熊天真无邪的问答对美式"旋转门"进行了揶揄。

小粉熊说：你听说美联储最近的举动了吗？

小灰熊说：没有。

小粉熊说：他们推出了QE2。

小灰熊说：那是什么意思？

小粉熊说：他们要通过购买美国国债的方式来扩大资产负债表。

小灰熊说：那是什么意思？

小粉熊说：也就是说他们会再印一堆美元出来。

小灰熊说：那美联储为什么要称其为QE2，而不直接说印钞
票呢？

小粉熊说：美联储不想用这个说法……

小灰熊说：美联储的头是谁呢？

小粉熊说：本·伯南克。

小灰熊说：伯南克为什么能上任呢？是因为他有政策制定经
验，还是在选举中获胜？

小粉熊说：都没有，大概因为他是个美髯公吧！

小灰熊说：美联储具体是怎样操作的呢？是直接从财政部购
买国债吗？

小粉熊说：不是，是通过高盛来执行买卖交易的。

小灰熊说：你没开玩笑吧？美联储在用美国老百姓的钱买国
债时为什么要通过高盛来操作？负责国债购买的
是谁呢？

小粉熊说：是美联储下属的纽约地区储备银行。

小灰熊说：谁是纽约地区储备银行的头呢？

小粉熊说：是威廉·达德利。

小灰熊说：那威廉·达德利以前是干嘛的？

小粉熊说：他是高盛的合伙人。

小灰熊说：QE 政策以前用过吗？

小粉熊说：2009 年用过规模差不多为 2 万亿美元的 QE1 政策。

小灰熊说：那 QE1 创造就业了吗？支撑起楼市了吗？……

小粉熊说：都没帮上。

小灰熊说：那到底帮了谁？

小粉熊说：帮了高盛……

小灰熊说：天哪，我要以头撞墙了。

小粉熊说：不要撞，现在看医生的费用很高。

　　不可否认，这段让人捧腹的视频有不精确之处和夸张成分：例如犹太裔的伯南克并非只是美髯公，也是美国知名的经济学家，是麻省理工学院的高才生，博士生论文导师是经济学界泰斗斯坦利·费雪（Stanley Fischer），伯南克曾担任小布什政府的白宫经济顾问委员会主席。此外，美联储只通过高盛来购买美国国债的说法也不准确，美联储是通过纽约联邦储备银行的公开市场操作来实现其政策目标的。不过，这段视频倒是折射出美国普遍存在的"旋转门"现象。

　　伯南克的导师斯坦利·费雪也是"旋转门"现象的代表人物，费雪在麻省理工学院任教多年，1988 年至 1990 年期间担任世界银行副行长兼首席经济学家，后出任国际货币基金组织副总裁，离开国际货币基金组织之后担任花旗集团国际业务总裁，后来执掌以色列央行帅印，门生故吏遍天下。

　　高盛、花旗等国际知名金融机构中不仅有大牌云集的分析师，也有许多曾在政府或国际机构担任高职的专家和官员。2010 年 12 月上旬，花旗将美国政府另一位重量级官员、奥巴马的前白宫行政管理和预算局局长彼得·奥斯泽格（Peter Orszag）招致麾下，出任花旗全球银行业务副主席。奥斯泽格也是一位曾在学界、政界、财经界里成功"旋转"

的精英人士，早年曾是华府重要智库布鲁金斯学会资深研究员，也创办过一家名为斯巴格联合公司（Sebago Associates）的咨询企业，2007年又出任国会预算局（CBO）局长这一要职。

　　尽管奥巴马曾三令五申要切断幕僚与企业界的利益输送，但任何美国总统都无法切断政府财经高官辞职后的退路，毕竟车要加油、人要吃饭，在两党制和选举政治的生态下，美国的公职岗位并非雷打不动的铁饭碗。当我和美联储前副主席、美国第一任国会预算局局长艾丽斯·里夫林（Alice Rivlin）谈起这一话题时，她对老上司、美联储前主席艾伦·格林斯潘（Alan Greenspan）从美联储卸任后开办咨询企业的做法觉得无可厚非，"人毕竟要吃饭的呀"！

　　出生于犹太裔家庭的格林斯潘担任美联储主席一职长达20年之久，是里根、老布什、克林顿、小布什总统的四代重臣，在加入美联储之前，格老曾多年在学界、企业界和政府任职，包括在美国知名研究机构世界大型企业联合会担任经济学家，长达几十年担任咨询企业汤森－格林斯潘公司（Townsend－Greenspan Inc.）总裁，后出任福特总统的美国白宫经济顾问委员会主席。从美联储的宝座上卸任后，格老重拾旧业，创办了尖端咨询企业格林斯潘联合公司（Greenspan Associates LLC）。

　　谈及美联储，就少不了要谈到美联储的货币政策决策机构——联邦公开市场委员会（FOMC），这一影响力足够让股市连创几个涨停板或跌停板的机构每年要召开八次例会，例会结束当日会公布一份一页长的简短声明，例如2010年11月2日至3日例会结束后的声明中就宣布了令全球资本市场震动的QE2，但是例会的会议纪要则会延期三周公布，例如11月初例会的会议纪要是在11月23日公布，在这份长达20页的会议纪要中，美联储大幅下调了2010年和2011年的美国经济增长率，并预测美国的失业率将多年延续高位徘徊之势。这三周就成为很多信息灵通人士大手笔运作的黄金时间差。路透社曾刊文揭露美联储前任高官利用这三周的时间差大赚银两的丑闻，文中提及美联储前理事劳伦斯·梅耶（Laurence Meyer）利用自己掌握内部信息的特权，提前拿到联邦公开市场委员会的会议纪要，并以每份75 000美元的高价出售给自己的客户群，让他们在市场上获取信息不对称优势。

在动漫视频中提及的威廉·达德利也是美国金融界呼风唤雨的人物，他是纽约地区储备银行的第十任行长。美联储下有纽约、圣路易斯、克利夫兰、波士顿等12家地区储备银行，其中尤以纽约地区储备银行的地位最为显赫。负责制定利率政策的联邦公开市场委员会的投票成员由7名美联储高层和5名地区储备银行行长组成，其他地区储备银行行长是轮流享有该委员会的投票权，但纽约地区储备银行行长是该委员会的铁定成员，并且担任副主席，该委员会主席由美联储主席兼任。威廉·达德利的前任就是美国财政部长盖特纳，纽约地区储备银行的第五任行长是美联储主席格林斯潘的前任保罗·沃尔克（Paul Volcker）。达德利从1986年到2007年之间一直在高盛工作，在被盖特纳相中之前，达德利曾长期担任高盛的首席经济学家。

当然，美国政府高官的背景多样，很多人在政府任职前就曾在企业界担任要职，你让这些官员把朋友的电话号码从手机中删除，本来就是一件不近人情的事。深受奥巴马器重的前白宫"大总管"拉姆·伊曼纽尔（Rahm Emanuel）出生于犹太裔家庭，曾任克林顿竞选团队幕僚，在担任了克林顿的几年顾问之后，1998年成为投资银行沃瑟斯坦·帕雷拉（Wasserstein Perella）的高管，尽管没有让人艳羡的教育背景，但长袖善舞的这位宠臣在担任投资银行家的短短数年中就赚得1 600多万美元。2000年克林顿任命他为房利美董事，使他成为地位显赫的红顶商人。2010年底，伊曼纽尔离开白宫并在2011年初成功当选芝加哥市长。为了接替伊曼纽尔在白宫的空缺并缓和与商界的紧张关系，奥巴马启用威廉·戴利（William Daley）担任白宫办公厅主任，戴利是前芝加哥市长理查德·戴利（Richard Daley）的儿子，在克林顿政府出任商务部长之后，担任摩根大通公司高管。戴利在商界人脉亨通，奥巴马宣布任命戴利为白宫办公厅主任后，美国商会会长托马斯·多诺霍（Thomas Donohue）等企业界重量级人物纷纷表示欢迎。

有人会仅从薪酬的角度来衡量美国财经界人士的影响力，这种观点未免有失偏颇。联邦政府官员的薪酬是有法律上限的，美联储主席伯南克的年薪不足20万美元，达德利的年薪约为40万美元，尽管高于美联储主席，但是和日进斗金的投行高管相比，也是微不足道的。长期担任公职和有较高的媒体曝光度，对很多美国商界精英是有吸引力的，也会帮他们开辟更宽广的职业空间。以格林斯潘为例，出仕之前运营着一家名不见经传的咨询企业，但是从美联储主席的宝座卸任后，德意志银行等金融巨头争相邀请他担任顾问。

若要说谁是美国最成功的"旋转门者"，2010年底离职的白宫国家经济委员会主任劳伦斯·萨默斯必定榜上有名。萨默斯出生于犹太裔经济学世家，他父亲罗伯特·萨默斯和母亲安妮塔·萨默斯家族分别出了一位诺贝尔经济学奖获得者保罗·萨缪尔森和肯尼斯·约瑟夫·阿罗。劳伦斯·萨默斯1991年到1993年之间出任世界银行首席经济学家。他学而优则仕，得到美国前财长罗伯特·鲁宾的赏识，1999年官居克林顿政府时期的财政部长；2001年来到哈佛大学担任了五年的校长，尽管因为口出"女子不如男"的过激言论而从哈佛校长的位子上黯然卸任，但这并没有妨碍奥巴马2009年请他再度入仕、出任白宫国家经济委员会主任，他也是奥巴马政府大规模财政刺激计划和金融救助方案的主要谋划者之一。

美国一些大学只能给"旋转门型"学者保留教职大约两年。萨默斯2010年9月份宣布，在2010年底回到哈佛大学任教。2010年12月13日，我参加了萨默斯离开华府前的最后一次公开演讲。我在提问环节问道："2009年时您曾说过，哈佛让我学会了政治，华府让我学会了经济，你现在要从白宫卸任了，还这么看吗？"萨默斯有些语噎，但还是答道："我是最不愿意把政治带到白宫来的人之一。"尽管如此，美国人都知道历任美国财长往往是"旋转门"艺术的集大成者，萨默斯和华尔街往从甚密也遭到一些美国人批评。

当然，从积极的视角来看，企业界的高管如果在政府担任政策制定者，可以实现宏观政策制定和微观经济运行的良性结合，精英荟萃的学界也能成为美国政府要职的"后备役部队"，使得学界研究、商界经验和政治运作实现有效整合。我在国内听经济课的时候，会遇到一些老师为难地说："今天我们讲股票，但是我没炒过股。"在美国的大学和智库中，有很多专家有着丰富的财经界和政界的实战经验。以华府重要智库布鲁金斯学会为例，半数左右的研究员都有政府等领域的工作经历，很多其他研究员也有多年的商界经验，对政界和商界的风风雨雨如数家珍。

美国的"旋转门"体制有其弊端，也有培养复合型人才的优点。中国人熟悉的前世行行长佐利克就有多个行业的跨界工作经验，早年从担任前财政部长詹姆斯·贝克的顾问起家，后来出任负责经济事务的副国务卿、白宫办公厅副主任、美国贸易代表等多个公职，并且出任过房利美执行副总裁、高盛常务董事等企业职务，还担任过华盛顿智库战略和国际问题研究中心（CSIS）总裁等学术职务。2012年6月，佐利克在从世行行长的任期离职后，在哈佛大学和华盛顿智库彼得森国际经济研究所两家机构担任研究职务。

在"旋转门"现象普遍的美国，如果选出的公职人员没有足够的"旋转"履历，反而可能会遭受攻击。面对美国经济复苏迟缓和失业率居高不下的局面，2010年共和党议员就让奥巴马"清君侧"，批评奥巴马御用经济团队"三剑客"财长盖特纳、萨默斯和白宫经济顾问委员会主席、加州大学伯克利分校教授克里斯蒂娜·罗默（Christina Romer）的学院气太重，和前几届政府的经济智囊相比，奥巴马身边的经济顾问团队缺乏企业实际运营经验，甚至连企业的资产负债表可能都没见过。对于这一点，我有切身体会，听萨默斯或是罗默演讲，他们往往不是从企业的微观角度切入，而是会用"某某曲线"加"某某法则"再加"某某定律"，你环顾四周，会发现一些听众已经露出费解和不耐烦的表情。用"没有见过企业资产负债表"的说法来批评著作等身的萨默斯和罗默有些言过其实，但拿在克林顿和小布什政府里担任财长的罗伯特·鲁宾、亨利·保尔森的履历和盖特纳做一纵向比较的话，你也得承认这种质疑声无可厚非。在入主财政部之前，鲁宾曾在高盛工作26年之久，直到担任高盛董事长，在财经界人脉亨通。保尔森在高盛摸爬滚打几十年直至成为高盛首席执行官，这位大学时代的橄榄球选手也是人称"华尔街权力之王"的强势人物。奥巴马之后启用威廉·戴利担任白宫办公厅主任，外界将此解读为缓和"学院气太重"批评声的人事安排。

当然，手心手背都是肉，倘若和商界往来过多，那么切断利益交换的难度自然更大。有观察人士指出，美式"旋转门"体现了美国政治精英和财经精英的利益捆绑，形成强势的美国政商财团。诺贝尔经济学奖获得者保罗·克鲁格曼将这种现象的副作用概括为"财阀之痛"（pathos of the plutocrat）。

究其根源，美国政界、商界、学界之间的"旋转门"之所以如此兴盛，与美国特殊的政治气候有关。两年就要上演的国会中期选举、四年一度的总统大选使得国会山和白宫易主频繁，"一朝天子一朝臣"，议员和总统有为之服务的庞大幕僚团队，中期选举或大选之后，华府有数百上千人搬进搬出是常有之事。"四年河东，四年河西"，大选之后白宫易主，某某CEO从华尔街搬到华府，某某官员从华府搬到华尔街，美国人早已见怪不怪，刚刚选为联邦众议员的"新科"华府来客因为不清楚未来前程，很多人会选择租房，而非买房。竞选筹款又使得政界与商界的利益密不可分，拉姆·伊曼纽尔受到克林顿器重的一个重要原因，是他利用广泛的人脉筹到了超过克林顿预期的高额竞选捐款。美国有句俗话，"有朝一日做了CEO，一辈子都是CEO"，你让某金融机构高管在衙门里当了四年二品官，再度"下海"之后当个普通销售员是不可能的，他们会挖空心思地给自己在象牙塔顶端谋个高位。这些树恩宇内、领导才能卓越的美国政府高官也是企业青睐的人选，花再高的价钱，也愿意将他们奉为座上宾。

身处美国这个"旋转门"社会，会听到企业家说自己的衣柜里基本都是休闲服，没几件适合在华府穿的正式套装，要去华府上任，还要赶紧置装。为何要这么说？不难理解，这是显示他们出淤泥而不染的美式用语。不过，四年之后，他们可能又会回到企业，重新换上休闲装。

游说帝国

如果问知不知道"游说"（lobbying）是怎么一回事，估计大多数国人不知其详。那么可以说，你还不熟悉这个"游说帝国"里的政治运作规律。

对"说客"一词的由来有多种不同的解释。英文 Lobby 一词指的是"大厅"，而"说客"（lobbyist）一词的由来，有说来源于美国南北战争时期的英雄尤利塞斯·格兰特（Ulysses Grant），1863年他入住离白宫不远处的威拉德酒店（Willard Hotel）期间，每次到酒店大堂抽雪茄时，都有诉求各异的请愿者在大堂等候他。还有一种说法认为"说客"起源于英国，英国民众会在伦敦的议会大厅里等候自己的议员，好向他们请愿。

如今，在美国做游说的说客又是一群什么人呢？按照美国臭名昭著的"游说皇帝"杰克·阿布拉莫夫（Jack Abramoff）入行前的说法："说客身穿2 000美元一套的西服，是些道貌岸然、榨干美国财富的人渣。"华府的说客团体可不是只有几号人的游兵散勇，据业内人士估算，在华府做联邦政府游说的说客在1.5万人左右，华府的总人口不过60余万，也即差不多你在街头放眼望去的100个人里，就有三个人在为游说而奔走。华府的联邦参议员和众议员共有535人，换而言之，平均每个议员要与大约28个说客周旋。从另一个角度来看，说客之所以能在华府如此兴旺，也体现了美国人价值观和利益代言团体的多元化。说客们的客户群五花八门，从大学到私营企业，从行业组织到印第安部落，从博彩大亨到传媒巨子，只要你掏钱，不管你是谁，他们都会负责帮你消灾。

但是，说客并非华府政治决策中可有可无的变量，有时甚至是决定性的变量。说客们可以呼风唤雨，他们可以帮你搞定政府拨款，也可以搞定军售订单，甚至可以决定军事基地的选址，只有你想不到的，没有他们做不到的。

说客是一个透明度不高的群体。从1947年开始，美国法律规定说客必须要遵守实名登记制，在国会日刊性质的《国会记录》(Congressional Record) 上公布，当年美国登记在案的说客仅有不到800人，而目前美国主攻华府的联邦说客就不下万人，另有许多擅长经营州政府和地方政府关系的说客，大多数美国说客并非老老实实地登记在册，他们的名片上也不会赫然写着"我是说客，请多关照"，而是使用诸如"法律顾问"、"华府代表"、"行业顾问"之类的头衔。按照美国国会联邦参议员卡尔·莱文（Carl Levin）的说法，在四个美国说客中，只有一个是登记在册的。

为了减少说客对美国国会的影响，国会在1993年通过了针对游说业的管理规范，要求国会议员和随从不能接受来自说客金额高于20美元的礼品，但是灰色地带大量存在，例如同时邀请成百上千的政府高官、企业老板参加豪华宴请，你就没法计算每人是否吃够20美元了吧？这种情况在2012年8月底的美国共和党全国代表大会期间频繁上演，强势利益团体邀请共和党精英、企业家、高官家属在佛罗里达海港城市坦帕出席奢华晚宴、雪茄聚会、保龄球竞赛和游艇聚会等活动，飓风"艾萨克"将共和党全国代表大会的四天日程挤压成了三天，但并不会影响这些政治精英和说客们的消遣雅兴。你能保证他们在吃饭和抽雪茄时不谈生意？在聚会举办方的眼里，提名正副总统候选人是平淡无奇之事，建立强大的交际圈才能找到未来的金矿。

　　说客为了客户利益，可以无所不用其极。对杰克·阿布拉莫夫这种可以搬出罗马教皇帮他打电话做疏通工作的悍将而言，为达目的，根本不会考虑手段是否合理。走"小儿科"路线的说客早晨会捧着无伤大雅的三明治和咖啡来到议员办公室，给议员的每个随从桌上分发暖心的早点。走"亲情路线"的说客会给议员和随从们送上全家人享用的热门球票和演出票。走"高端路线"的说客会帮议员预订美国各地最火爆的高尔夫球场，然后陪你边打球边谈事，打遍全世界球场的这些人绝对不会赢你，因为哄好你、跟紧你、拿下你，才是他们的目标。走"擦边球路线"的说客会请你全家去欧洲的某个古堡一游，名曰考察，实为公关。走"实用路线"的说客会帮你搞定竞选连任需要的广告牌和宣传资料。走"放长线钓大鱼路线"的说客会直接给政客的随从开出下一份工作的年薪，国会议员的随从年薪可能不足10万美元，摇身一变，来到开车10分钟之外的说客一条街"K街"上班，拿到30万美元年薪则易如反掌，努力打拼的话，一年赚到百万美元也不稀奇，故而美国大约九成的议员随从都会变身为说客。走"湿鞋路线"的说客会将大笔来路不明的资金汇入支持你的某个政治团体的账户……

　　说客是一群"候鸟"，议员来到华府，他们也飞来华府；议员们8月份去休假，他们呆在华府也无事可做；共和党议员飞去了佛罗里达州参加全国代表大会，他们不如也飞到佛罗里达。华府的出租车司机深谙他们的候鸟属性，8月份就没有必要去国会山和国会山附近的酒店、餐馆"趴活"了，因为美国能管事的主儿基本都不在城里。

　　说客工作强度极大，毕竟华府有数百名议员，就有立法过程中的数百个变量存在。你在游说，竞争对手的游说机构也在暗中使劲，而且客户的要求往往极高，急活、累活不断，你必须一天24小时开机，随叫随到。你的老板也是工作狂人，犹太裔的阿布拉莫夫只有从周五晚太阳下山到周六晚太阳下山这24小时处于安息日的静修之中，在其他六天里，他会夜里三点钟向你询问项目进度，稍有差错，他的电子邮件和厉声呵斥会像狂风暴雨一样向你袭来，他的助理一天要处理多达上百件繁琐事务而不能有任何闪失。

说客会坚称"游说是每个美国人享有的权利"，说客衣冠楚楚，但是说客在美国还是带有一定的负面色彩。迈克尔·道格拉斯（Michael Douglas）在1995年的电影《美国总统》（The American President）中出演白宫主人，他爱上了一个环保组织的说客并公开恋情，总统与说客在白宫的招待会上翩翩起舞，这可是轰动华府的事，也让总统幕僚大伤脑筋，这样的公众形象会直接葬送一个美国总统的连任前景。2011年"占领华盛顿"的参与者选择了在南邻白宫、北接K街的麦克弗森广场驻扎，将抨击美国社会不公的匕首直接刺入华府的动脉血管。

走在华府K街，你可能会发现多家律所，但见不到哪家机构挂着"游说公司"的招牌，不用奇怪，这是典型的美国特色，很多华府的律所兼营游说业务，律所内有专门一支负责游说的团队，阿布拉莫夫起家就在普盖茨律所（Preston Gates Ellis and Rouvelas Meeds LLP）。国人了解比尔·盖茨是因为他是微软的创始人，而且他热衷慈善，但是鲜有人知道其父威廉·H·盖茨（William H. Gates）是这家律所的资深合伙人，盖茨家的姓氏也在该律所的名号上赫然在列，其父律所的游说重点是防止联邦政府对微软等科技企业运营的过度干扰。

游说业务既可以像律师一样按小时收费，也可以按整个业务收费，知名说客手里往往在同时打理十余个客户，医疗、保险、石化等政策敏感度高的行业也是游说投入最大的行业，这几个行业每年的游说总开销往往不下一亿美元。美国的两党制也使得很多游说团体里不会仅有民主党或是共和党的内线，而是两党通吃，什么业务都敢接单。

提及美国的说客，除了阿布拉莫夫，还必须提及格罗弗·诺奎斯特（Grover Norquist）。这对年龄相仿的华府顶级说客早在里根总统时代就已经联手，为里根连任而在各所大学造势，年少得志的阿布拉莫夫担任过两届美国大学共和党全国委员会主席（College Republican National Committee），不足三十岁就常被里根奉为座上宾。而在不可一世的阿布拉莫夫眼里，毕业于哈佛商学院的诺奎斯特才是全世界最有想法、最聪明的人。诺奎斯特的能量之大，从美国国会参议院多数党领袖哈里·里德的评价中可见一斑。2011年，美国民主、共和两党关于税收、预算等议题的谈判久拖不决，导致美国的3A级长期主权信用评级在历史上首次遭标准普尔调降，尽管当时美国的公共债务已经超过15万亿美元，由两党12名议员组成的削减赤字"超级委员会"历时数月的谈判却在2011年底破裂，美国民众评价说华府的政治机制已经瘫痪，奥巴马也承认美国的政治机制达不到3A级。其实，影响两党谈判进程的人物就包括诺奎斯特等强力说客，里德抨击说："共和党议员都是诺奎斯特手里的玩偶，诺奎斯特才是真正能拍板的人。"

此言不虚。诺奎斯特不仅可以帮你约定与共和党众议长的面谈时间，更是当代共和党的"精神教父"。若给当代的美国共和党贴上一个政策标签，那就是"反对加税"。权倾华府的诺奎斯特在1986年创立"纳税人保护承诺"（Taxpayer Protection Pledge），这一"君子协定"数十年来影响着美国税收等重大经济议题的决策进程，有上千名共和党议员、政府高官等人士签署了这一反对加税的"任职承诺书"。现任九成以上的共和党议员在上任前都为该承诺背书，包括共和党目前在国会参众两院的头三号大佬，因而加税当前已成为共和党的禁忌语。老布什总统也签过字，但是最终违背承诺而加税，不仅连任选举失败，在共和党内也落下了不坚定保守派的骂名。诺奎斯特身兼数职，既是美国知名智库外交关系学会的成员，也是自创的美国人支持税改（Americans for Tax Reform）组织的总裁。诺奎斯特从

1993年发起了每周三在美国人支持税改组织总部进行的政策研讨会，这一研讨会成为共和党官员的"思想培训大本营"，华府的重要政治决策往往从这发端。

阿布拉莫夫和诺奎斯特等人在意的不仅仅是佣金，更是致力于维护所崇尚的经济和执政理念，为了推行这些理念，他们不惜铤而走险。1997年，阿布拉莫夫就卷入了数位共和党资深众议员要推翻众议长纽特·金里奇的党内"政变"，最后由于走漏了风声，使得仕途前景一片大好的议员比尔·帕克森（Bill Paxon）引咎辞职。帕克森离开国会后并未消沉下去，而是利用其在国会的深厚人脉，成为华府另一位顶级说客，目前是游说巨头艾金·岗波律师事务所（Akin Gump Strauss Hauer and Feld LLP）的资深顾问。走火入魔的阿布拉莫夫由于涉及贿赂官员和逃税等罪名，在2006年被判入狱六年，涉及多名白宫、内政部、司法部等部门的官员和数位议员，这次调查面之大，甚至将阿布拉莫夫在国会的"深喉"、众议院多数党领袖汤姆·迪莱（Tom DeLay）都牵扯了进来。阿布拉莫夫等游说个体户都有此等能量，机制化的庞大游说组织更是可以让总统都得避让锋芒，美国全国步枪协会就是游说组织里的航母。

游说不会凭空产生，游说与美国的"公司王国"（Corporatocracy）体制相互裹胁，成为能量日益增大的庞然怪物，美国哥伦比亚大学教授杰弗里·萨克斯等专家谈及造成这种局面的四个深层次原因：首先，欧洲许多国家的议会和政府选举紧密关联，由得胜党派组阁，其他党派也能按得票比例分到相应数量的议会席位。在美国，总统选举和议员选举的关联度较低，议员的选举在当地完成，总统大选更多是为议员提供一些"话题"支持，每个选区会根据"胜者通吃"的计票模式选出当地的议员，选举过后，国会和白宫经常掌握在不同党派手中；美国民主、共和两党的全国组织架构又相对羸弱，这就造成了利益集团会通过各地获胜前景最好的议员完成权力寻租。美国密苏里州众议员托德·埃金（Todd Akin）的言行就是美国这种"弱党强人"局面的真实写照。2012年8月，竞选密苏里州参议员席位的埃金发表反对堕胎的惊人言论，他称女性身体在遭到"真正的强奸"后能启动自保机制，防止受孕，引起一片哗然。罗姆尼等共和党高层人士想对他进行"切割处理"，要求他退出参议员席位角逐，不要得罪了全美国的女性选民而影响大局。但是，埃金对党魁们的话置之不理，因为埃金敢这么说，体现了他竞选资金捐赠者反对堕胎的价值观倾向，也迎合了当地部分选民的立场，在进入参议院办公楼之前，埃金无需对党魁负责，而主要对自己的"金主"和当地选民负责。其次，二战之后，美国在全球的巨大军事存在创造出第一波游说潮，形成军工产业游说集团，美国的军事战略和军工企业之间一荣俱荣，形成"军产共同体"，艾森豪威尔总统1961年1月在离任演讲中就警告，美国民众注定会背上国家军事化的沉重经济负担，不料一语成谶；此后，美国逐渐形成军工、金融、石油、医疗这四大游说集团。第三，美国的选举离不开企业的竞选资金，美国选举耗费的资金逐年上升，而游说的资金投入也在逐年上升，形成利益共生关系，从1998年以来，美国游说资金保持着每年大约2亿美元的增幅。第四，经济全球化的趋势使得美国的企业家受益，但对员工的工资却产生下行压力，美国的首席执行官们通过亲手挑选的企业薪酬委员会来决定自己的高额报酬方案，导致美国社会的权力分配格局逐渐向公司高管而非工人倾斜。

美国知名专栏评论作家杰克·安德森（Jack Anderson）这样形容说客和美国政治机制的共生体："每两年国会举行选举的时候，议员们会听民众的声音。每天办公时，议员们在听说客训话。"

　　阿布拉莫夫等个别说客锒铛入狱并不代表美国的说客文化会退出历史舞台。说到底，说客文化是美国政治体系的制度性缺陷滋生的产物，根除这种文化自然需要制度性的安排，但是做出这种制度性安排的政治意愿和政治动员力暂时都不存在。前白宫行政管理和预算局局长戴维·斯托克曼（David Stockman）将这种改革悖论概括得精辟："K街的权贵手里已经握有足够共和党议员的票，美国国会列车还没出站，就会被他们给停下来。"

04

美国人的
中国印象

从凯琳的圣诞礼物看"中国制造"

2010年圣诞的清晨，在美国俄亥俄州一个白雪皑皑的农场，9岁的凯琳迫不及待地向我展示她刚收到的圣诞礼物：外婆送的新帽子——中国造；外公送的围巾——中国造；奶奶送的梳子和发卡——中国造；爸爸送的新棉拖鞋——中国造；妈妈送的牛仔裤——中国造。"难道还有什么不是中国造的吗？"凯琳把这个问题提给了来自中国的我。

当我把这个问题又提给凯琳的奶奶米琪时，她笑着回答说："在我小时候，圣诞节我们只能得到一份礼物，现在的好多美国孩子都能从亲友那得到十几份礼物，家长们也得买很多份礼物。商场里的大部分东西都是中国造的，不买中国造的东西，又能买什么呢？"中美互为第二大贸易伙伴，中美双边贸易额在2011年突破4 400亿美元，中国制造为美国民众的日常生活提供了大量物美价廉的产品。

以凯琳为例，从穿的衣服到用的毛巾，到抱在怀里的芭比娃娃，再到床头挂的圣诞袜子，都是中国造的。试想，倘若没有中国这样的"世界工厂"给力，在美国这个物质极大丰富、孩子圣诞节要收到十几份礼物的国度，礼品真能从圣诞老人那里变出来吗？诚然，若把生产工厂从中国转移到劳动力成本更低的东南亚或非洲，对于企业主是有吸引力

在美国西部黄石公园里的一家纪念品商店，美国设计和生产的衣服价格不菲，因为不是来自海外，所以店主隆重推荐其"本土身份"

SMALL
SMALL
SMALL
SMALL
SMALL
SMALL

SMALL

Designed & Printed
In The
USA

MEDIUM
MEDIUM
MEDIUM
MEDIUM
MEDIUM

的，但很多企业主也清楚，物流体系的建设和转移绝非朝夕之功。

"中国制造有什么不好吗？我这店里的东西全是中国制造的，否则你哪能买得到十美元三件的Ｔ恤衫、三美元一个的自由女神冰箱贴、五美元一个的钱包？如果都是美国制造的话，有几个游客能负担得起？"在纽约市经营一家旅游纪念品商店的土耳其老板依安告诉我。诚哉斯言！我使用的钱包是美国印第安部落手工制作，尽管款式新颖，但价格高达近百美元，哪能买上一堆送朋友？正因为如此，你在美国会发现，中国游客拿着美元买了一堆中国生产的冰箱贴，放进中国生产的美国名牌寇驰（Coach）包里，扛回中国送亲友的现象比比皆是。

当然，"中国制造"也面临着产业升级和转型的逆水行舟局面。我曾在金融危机冲击最严重的2008年参观过中国沿海的箱包生产工厂，明显感觉到这些从事出口加工贸易的工厂状况不如一年前，有些企业的老板坦言，欧美在金融危机的冲击下，不仅减少了进口，而且开始减少长单、增加短单，一些优质客户也开始大幅砍价了。在原材料和用工成本上升、出口利润微乎其微的生存业态下，在2010年圣诞节，美国有媒体报道中国产的一些圣诞老人穿的衣服都"变薄了"。

另一方面，由于无处不在的"中国制造"，有些美国普通民众会一边穿着中国生产的便宜拖鞋，一边在政客的鼓动下跺着脚说中国抢走了美国的就业岗位；一些美国政客用中国产的西服、领带、皮带把自己打扮得道貌岸然，在讨论美国减少赤字、减税等国内政策议题时，却硬要把中国拿出来说事，"中国制造"俨然成为美国一些政客难以割舍的时髦用词。2012年参加伦敦奥运会的美国运动员穿着"中国制造"的队服出场，受美国国内大选政治推动，国会参议院多数党领袖里德狂称要把中国造的运动服烧掉，引发嘘声一片。里德这种民族主义至上的说法与现实脱节，因为里德自己使用的大量电器和所穿的衣物就是中国制造。

美国多位学者谈及从iPod的角度来理性、清醒地看待"中国制造"。

美国智库卡内基国际和平基金会高级研究员黄育川指出，一台150美元的iPod，中国只能拿到5美元的代工费，苹果公司得到80美元，剩下的65美元则由中国的香港和台湾、新加坡和韩国等地的组件公司所得；虽然美国对中国有巨额贸易逆差，但美国其实是经由中国、向美国自身出口。由此可见，根据当前原产地贸易统计方法，中国企业得到的仅是微利，但中国的贸易顺差被夸大，"中国制造"还要承受不白之冤。这种"顺差记在中国账上，利润落在别人口袋里"的iPod现象并非个例。

布鲁金斯学会资深研究员李侃如（Kenneth Lieberthal）告诉我，如果从整个东北亚的视角来看，近年来该地区对美国的顺差总额并无太大变化，但近年来日韩对于美国的贸易顺差在下降，而中国对美国的贸易顺差则在增长，说明随着日韩自身的产业升级，相当一部分加工贸易产生的顺差转移到了中国。

此外，我们不能忽视，作为后工业化强国，美国在服务贸易出口方面堪称全球翘楚；而在中国的出口格局中，货物贸易是顺差，服务贸易则是逆差。君不见，很多中国出口企业使用着微软公司的软件，借用美国咨询企业创立的绩效考核方法，聘请美资的会计师事务所和律所来提供服务。

我在美国经常见到产品上印有"美国设计、中国制造"的标识，这提醒我们美国产品附加值高的不争事实。也是在这个农场上，凯琳六岁的妹妹汉娜捧着她母亲做的熊猫娃娃，骄傲地告诉我："熊猫是中国的，但这是妈妈做的，不是中国制造的。"

童言无忌。在2011年伊始，有美国电视台戏谑如果很多产品都是"中国设计、美国制造"，世界将会怎样。在现实中，从"中国制造"走向"中国创造"虽然只有一字之差，其路漫漫，但此路非走不可。

"北京街头有洗手间吗？"

"如果从上海这样的大都市往郊区驱车100英里，你就会发现和城里的面貌有天壤之别。"这是国际货币基金组织的"中国通"纳吉尔·查克（Nigel Chalk）与我讲的一番大实话。

其实，哪里用得着开上100英里呢？我曾带一位欧洲朋友开车从北京西二环到南五环打球，朋友发现高速公路变成了柏油马路，接着变成了扬尘漫天的土路，他不禁感慨北京郊区和繁华的市区差别太大了。打球回程的路上，我和朋友停车到路边的瓜摊买西瓜，摊主一边哄着怀里的孩子入睡，一边帮我们挑瓜。我对朋友说："中国没你想象得那么富裕吧？"

这个欧洲人感到惊愕并不奇怪。一方面，这是他第一次到访"陌生的"中国。另一方面，是因他在欧洲听到的朋友反馈、看到的报道大多是关于中国大都市的内容，对很多西方人来说，他们或许对中国是世界第二大经济体、全球最大外汇储备国等名号已经耳熟能详，但对中国广大农村地区的了解仍是空白。即便像纳吉尔·查克这样到过中国数十次的专家，每次来中国，也依旧会有令其惊愕的收获。毕竟，中国太大，人口众多，要看懂中国绝非朝夕之功，查克在描述对中国的看法时，用的词就是"情况千差万别"（heterogeneous）。

"我刚去了中国甘肃，那里农村地区的人淳朴友善，但生活艰苦，他们在为改变自己的生活而努力打拼。"查克这样说道。他还算了笔账，中国目前人均国内生产总值（GDP）只相当于他出生的英国的1/10左右，和美国相比也只有一个零头。查克说的没错，在巨大的人口基数面前，中国经济还算不上一个巨人。需要看到的是，中国与很多发达经济体相比，不仅是在人均收入、发展质量等硬指标方面差距不小，而且在科技鸿沟、受教育程度、社保水准等很多软实力方面差距更大。当欧美的很多民众在追求马斯洛"五大需求层次"中的自我实现需求时，中国还有数以亿万计的农村民众在为基本的衣食住行需求在奔波。正因为大家的需求层次不同，大家的烦恼自然也不同。

2010年我在采访时任世行行长的佐利克时，大家在沙发上坐定后寒暄，佐利克问我的第一个问题就是："你是哪里人？"我说，爷爷出生在中国南方的一个普通山村，我童年在农村度过，少年在县城度过，青年时代在北京和国外度过，我的家庭代表了中国城镇化进程的现在时。"我知道像贵州等一些中国农村地区还很穷，有些地方还没有通电，中国还是一个发展中国家。"这是佐利克的观察结论。

在和中国一些经济学家交流时，他们估计，中国每年将有1%左右的城镇化增长率，差不多就是有上千万农民放下锄头，进城编织他们的"中国梦"，这一进程将延续多年。若按这一进度计算，中国10年后的城镇化率也就是在60%左右，同发达经济体80%至90%左右的城市化率差距甚远，中国还要着力应对消除收入差距、创造新就业岗位、完善社保、产业升级等一系列挑战，中国很多城市将长期存在那位欧洲朋友见到的"不完全城镇化特征"的状况。

2009年，我在欧洲参加了一个研讨会，这个"务虚会"讨论的是报纸是否会消亡的问题。这些欧洲人分成两组，争得面红耳赤、不可开交。之后，问我怎么不发言，在报业发达的中国，大家是不是也很关心这个问题。我说，中国农村七亿农民中会有很多人把报纸用来当手纸，两亿多农民工中间很多人会把报纸用来糊工棚，几亿城市人口中不乏相当一部分人在捡废品贴补家用，报纸的价格比废纸要高，因此很受欢迎。我父母这样的广大中老年工薪阶层不捡报纸过日子，但是他们不会上网，如果不看报纸让他们看什么？在欧美的地铁站旁会有免费赠阅的报刊，在中国，你若这么干，就会招来一堆大爷大娘守在地铁站门口捡报刊，然后卖废品贴补家用。中国农村用报纸当手纸的人估计比美国总人口都要多，所以这个问题中国人眼下实在不关心。

这番实话赢得了掌声，也给我们敲响了警钟，其实还有太多人不了解中国的国情、不了解中国人的关切。西方人"拔苗助长"式的期待和要求是不可取的，一些西方人喜欢"捧杀"中国；而作为中国人，我们自力更生、自亮家底也是不能少的，因为有些价值观不同而又从未体验过中国大地魅力的西方人总想要"扼杀"中国。

老外读不懂中国的一个重要原因在于缺乏对中国的感性认识，由于汉语是出了名的难学，很多欧美人士对中国行望而却步，即便是足迹到过中国的人，往往是在北京、上海等地的都市游，很少能像查克那样深入中国内陆地区，了解中国的发展全貌。我在美国人中发现两种极大的"中国印象反差"，到过中国的美国人往往盛赞中国的秀美风光、美食如林、民众好客，对于那些没有到过中国的美国人，他们的信息主要来自电视、报纸等媒体，通过二手信息咀嚼的这些人往往留下"中国抢了美国人工作饭碗"等不准确形象。"北京街头有洗手间吗？""在上海，喝水安全吗？""在西安，公交车上是不是会有人偷你钱包？"这一连串让人啼笑皆非的问题是到访中国前的美国人常有的担忧。

我们需要让外国人了解中国取得的成就，也需要让他们了解我们"成长的烦恼"，中国的国际形象营销也日显重要，北京奥运会、上海世博会都是很好的中国公关名片，但是要让美国人真切地了解中国的现状，前路尚远。

婷婷是幸运的吗？

赵婷婷（化名）是在北京工作的一位中国白领友人，她最近在美国休假期间，与很多信奉"穷家富路"的中国人一样，在异乡开始了"血拼"之旅。

与许多美国家庭正在缩减购物单不同，婷婷和相当多中国游客一样，笔记本和手机记事本上都列着长长的购物单。这些中国游客清晨就在冷风中等在苹果公司专卖店门口，晚饭后还在各大商场"血拼"。我带婷婷去一家百货商场买寇驰包的路上，偶然经过一家苹果专卖店，她没有排队就买到心仪的iPad2平板电脑，大呼幸运。

这家苹果店里的导购安东尼这样描述眼中的中国买家："一群中国人叽叽喳喳进店，点名就要iPad2平板电脑和iPhone手机，每个人往往都是买限量的两个，腰包一打开，有一半不是划卡，而是拍出一叠美元砸在桌上。"

很多中国人购买力增强毋庸置疑。世界奢侈品协会预计，中国2012年有望取代日本成为全球最大的奢侈品贸易与消费中心，奢侈品消费总额预计将达146亿美元，比上一年增长36.5%。

但婷婷真是幸运的吗？观察人士指出，低龄化和异端化已成为一些中国人名品消费的重要特征，也成为很多人精神上甚至是生理上的负担。一位17岁的小伙子为买iPad卖肾，让人扼腕叹息。2011年8月21日的《华盛顿邮报》用一整版的篇幅来报道中国"郭美美"增多的现象，该文用爱马仕（Hermès）包来针砭中国当前的消费主义异化："爱马仕包在中国眼下很吃香，理由很简单，因为爱马仕比LV包价格更高……在中国，你不论是去逛商场，还是去吃饭，爱马仕包都是你重要的身份证，人们会对你刮目相看并给你更多的'尊敬'。"

进入后工业化社会的欧美国家民众未必在奢侈品牌上寄托了像中国人如此多的社会符号。我在中国生活多年的美国朋友菲利普这样看待两国人不同的购物观：很多中国人喜欢显摆自己买了什么名牌，重点在炫富；很多美国人则会夸耀自己如何买到了便宜货，重点在强调划算。

在处于工业化早期发展阶段的社会，往往会出现向往灯红酒绿的中国"郭美美"或是美国"嘉莉妹妹"（Sister Carrie）。在如今的中国，消费主义大潮滚滚而来，在社会价值观层面"粗粝能甘、纷华不染"等古训变得苍白无力。

婷婷来自"世界工厂"，但要去国外"血拼"本国代工的产品，是各国产业分工各异、税收体制不同、消费主义抬头等多重因素综合作用的结果。欧美等国不仅拥有各类国际名牌，也在相当大程度上定义着很多人的消费方式和所谓的幸福感。我曾在美国一次会议期间遇到几位菲律宾的记者，在启程回国前的半天宝贵时间里，他们都不舍得去参观景点，而是去了奥特莱斯名牌打折店。"虽然好些名牌鞋是菲律宾产的，但美国的鞋比菲律宾便宜得多，我们每个人都买了好多双鞋给亲友，正在犯愁可能行李超重带不回去了。"

西方大牌至上的物欲情结会在人与人之间注入硫酸而非润滑剂，对中国的加工经济而言，也只能留下微薄的加工费。前世行行长佐利克和我谈起，人口如此庞大的中国若想延续经济强劲增长和避免"中等收入国家陷阱"，不能仅依赖外需，还需推动创新和内需培养。

　　在当前国际贸易和金融格局下，两个循环长期存在且尚未打破：首先，中国等发展中国家的民众用汗水和低附加值产品换回外汇，再用外汇继续为美国等国提供融资支持，形成所谓的"斯蒂格利茨怪圈"；其次，发展中国家的民众迫不及待地用本国代工的国外名牌"武装"自己。这两个循环给我们布置了一道需多年努力的作业题：中国新富一族在吃饱穿暖之后，迫切需要精神层面的自我修炼；中国业界需着力强化产业创新并打造炎黄"苹果"公司。

美国寇驰店里的中文导购声

"需要买什么包吗？我可以告诉你价格。"这是在美国感恩节购物旺季，弗吉尼亚州一家奥特莱斯寇驰店里传来的中文导购声。

在美国奥特莱斯名牌打折店里见到拿着长长的购物单、端着厚厚的钱包、操着各色方言"血拼"的中国人扎堆付款已经不是什么稀奇事了，寇驰店和众商家把购物旺季的开门时间提前到感恩节晚10时左右也已成为美国商界的新经营模式，美国大城市商家招聘中文导购的消息常见诸报端，但在这个美国小镇的商店里出现中文导购则是新鲜事。友人戏称，十年之后，可能会听到各种中国方言的导购声。

其实，这折射出在经济全球化时代中国人购买力增强的外溢效应，人均消费高达7 000美元的中国赴美游客已经让中国团成为商家眼中的香饽饽。"好些中国游客真是大手笔买东西，我店里也装上了可以使用银联卡的刷卡机。"这是夏威夷一家服装店老板鲍勃的感言。

以奥巴马总统的老家夏威夷为例，目前中国游客在夏威夷旅行期间平均每日的各项消费总计368美元，大大超过占夏威夷海外游客总量六成的日本游客日均275美元的开销额，也是所有前来"太平洋十字路口"度假游客日均消费178美元的两倍有余。

"日本游客人数多，但不要忘记，经历了'失去的十年'后，他们花钱并不大方，中国游客要是更多些就好了。"在夏威夷做买卖十余年的鲍勃如是说。

UnionPay 银联

Coast to Coast
China Unionpay is accepted at ATMs throughout the U.S.

银联卡可在美国九成的ATM上取现，方便、安全！

美国夏威夷街头带有银联标识的自助取款机

　　尽管中国来美的旅行者在过去数年间保持着年均20%以上的增长速度，但对人口13亿的东方大国，2010财年美国总共才发放了区区100万个旅游签证。鲍勃等美国商家还有这样的发现：中国来客有"群居型"特点，往往是旅行团成员同来同往，"单飞"的游客相对较少。除了语言障碍外，这也是中国个人无法轻松获得赴美旅游签证的真实写照。

　　美国人对中国人的爱恨交加情节不会迅速消除，两国间的语言、文化、价值观鸿沟如太平洋一样广袤，加上美国政客寻找替罪羊来讨好选民的选举政治冲动，注定两个大国将在磕磕碰碰中一路向前。这种矛盾心结从美国资深参议员查尔斯·舒默（Charles Schumer）在2011年10月份力推的两个法案可见一斑：当月他既是要给加拿大、中国等外国房地产买家提供签证便利法案的主推者，也是针对中国等贸易伙伴的《2011年货币汇率监督改革法案》的力推者。若要取之，必先予之，对经济脉搏更敏感也更务实的美国商家则一直在敦促政府进一步提高给中国游客的签证办理便利程度。

　　正如美国商会会长托马斯·多诺霍（Thomas Donohue）所言，总产值高达7 000亿美元的旅游市场支撑着美国740万个就业岗位，来美国的旅行者留下的是美元和旅行支票，带走的是对美国文化和自然风光的好感，为什么不通过便利签证发放的方式，加大吸引中国等国家的游客呢？

　　其实，美国已经在行动，尽管行动的步伐尚不如期待得那样快。美国国务院正向中国加派能说中文的签证官，以便加快签证速度；过去中国人要等60天到90天才能拿到赴美签证，现在已缩短到了30天左右；在骆家辉出任驻华大使的国会提名听证会上，有美国参议员强调中国消费者的购买力不容忽视，美国要加大对美国驻华使领馆的资金支持来提高签证的便利化……

　　当然，在这方面，美国要做的"功课"还有很多，跨太平洋的"无缝对接"尚待时日。有朝一日，美国寇驰店里出现了中国各种方言的导购声，对两国而言未必是件坏事。

华盛顿奇才队主场大屏幕上播放奇才队
队员拼写易建联名字的汉语拼音

中国话中的"乱步"

　　我和友人在2010年11月10日晚观看了姚明和易建联在华盛顿奇才队主场的"中国德比"大战。在这场精彩的比赛中，我不仅看到了球员忙中出错的走步犯规，也发现场边啦啦队员在中国话声中的"乱步"。

　　受金融危机和经济衰退影响，很多NBA球队的日子都不好过。华盛顿奇才队挖来易建联的原因之一，就是希望吸引华人球迷和中国企业来"开源"。我粗略统计了一下，当晚进场看球的中国球迷至少占到全场观众的四分之一以上。

　　奇才队将这一场比赛搞成了中国文化之夜。中场休息时，现场播放的美国流行音乐切换成了中国锣鼓声，颇具NBA特色的串场娱乐活动也让位给中国的舞龙和舞狮。随着华裔主持人用汉语开始说话，我发现，之前动作整齐划一的啦啦队员由于失去话语坐标轴而乱了步点。

　　毕竟，你让场边的NBA美女啦啦队员随着舞龙舞狮的节奏起舞，就像S.H.E在《中国话》里唱的"柏林来的沃夫冈拿胡琴配着电吉他"那样反差巨大。在球赛间隙，播放了一段奇才队队员拼写易建联名字汉语拼音的视频，逗得全场观众捧腹大笑，因为能拼对的队员寥寥无几。

　　其实，在NBA赛场之外，你在美国会听到越来越多的中国话出现在机场、商场、博物馆、大学校园……你也会发现很多美国人与NBA啦啦队员一样，都在犯"心律不齐"的毛病。一方面，美国人生活起居离不开中国造的牙刷、拖鞋、轮胎，另一方面，有些政客却为获得短期政治红利或受利益集团驱使，动辄指责中国产品倾销。一方面，美国不愿去深思本国制造业和低端服务业外包后造成的国内产业"空心化"现状，另一方面，却用酸溜溜的语气说中国是耗能大国和"世界工厂"……

这种"心律不齐症"的极端代表要数美国2010年中期选举前的一段逻辑不清的电视广告。"公民反对政府浪费"（Citizens Against Government Waste）组织在美国有线电视新闻网播放的这段几十秒长的政治广告完全使用中文发音并搭配英文字幕，和整个英文频道的语境形成了极大反差。

在这段广告中，一位穿着中山装、操着翘舌音与平舌音不分的南方口音的老师对学生说："古希腊、罗马、美国等超级大国衰落，是因为犯了同样的错误，那就是试图用庞大的开支和税收来解决经济问题，美国政府在医疗等方面的巨大开支已使得这个国家负债累累。当然，中国是美国最大的债主，他们在给我们干活……"台下坐着的黄皮肤学生一哄而笑。这段广告在2012年美国大选期间继续播放。

这段广告是想攻击奥巴马政府开支无度，但为何选择了中国视角并用中文播出，却值得我们深思。至少可以想见，这一表达方式与选举前美国政客、选民将中国作为高频词的背景契合。诚然，中美两个大国在语言体系、风俗习惯、哲学观念等诸多方面都存在着巨大差异，但这并不会阻碍大洋两岸双方的牵手。身处两国在金融、经贸、文化等领域高

度交融时代的我们，也应理性地看到，就像普通话里有"平平仄仄平平
仄"一样，中美两国在相处时也肯定是无平不陂的。

  在这无往不复的前进道路上，我们对中国话在国际化过程中遭遇的
"心律不齐"要有心理准备和应对之策。欧美等国在欣赏"中国话"时
也要多一分耐心，多一分宽容心。国与国相处，同人与人相处一样，观
念构建是先行的，也会改变彼此眼中世界的颜色。

腐乳、纳豆与吐司共存

在各式面包果酱旁放着只有日本人才喜欢吃的纳豆，这不是幻景，而是亚太经合组织（APEC）夏威夷峰会期间美国总统奥巴马下榻的希尔顿酒店自助早餐厅的一角，美国政府很多要员曾在此用餐。中国人钟爱的腐乳也会出现在这个桌上吗？这或许不是遥想，只是时间问题。

中、美、日这三个亚太国家之间纵有大洋相隔，其实在经济和人员往来上犹若比邻。中国、日本这两个美国第二和第四大贸易对象国的贸易额合计约占美国对外贸易总量的两成；街头很多美国人右手端着日本制造的相机，左手拿着中国组装的iPhone手机；在日本游客占所有海外游客六成的夏威夷，日本拉面馆和美国餐厅比肩而立；在日本人和中国人是常客的一些美国机场，已经有日文和中文的标识和广播解说……

日本与美国经过半个多世纪前"刀"戎相见后，目前培育着"菊"的伙伴关系。经历了风风雨雨而不断向前的中美关系则注定要成为21世纪全球最受关注的话题，在全球各地的国际会议，不论你喜欢与否，也不论会议的主题和日程如何设置，大家谈论的高频词往往少不了中国和美国。中国的综合国力逐渐增强，才使得一些美国人现在问陌生的亚洲人时会说："你是中国人吗？"而不是原先铁定的问法："你是日本人，还是韩国人？"走出国门到美国的中国游客日益增多，这也使得腐乳、纳豆和面包吐司共存一桌的可能性增大。

即便是经常以最挑剔眼光看中国的美国国会美中经济与安全评估委

员会也在正视中国的进步：自从2001年中国加入世贸组织以来，中国的经济总量赶超了德国和日本，位居美国之后，十年来中国经济总规模增加了四倍以上，帮助四亿民众脱贫，也实现了历史上不曾有过的最大规模城镇化进程。

近年来在汽车、个人电脑等工业领域，中国已赶上美国，成为全球最大的制造商。中国在改变自身经济结构的同时，还在参与塑造全球的产业链。尽管中国产业升级的目标远未功成，中国人在全球做生意依旧有重重掣肘，但美国制造商联盟的数据显示，从2000年到2010年间，服装、鞋袜、家具等劳动密集型产品占中国总出口额的比重已从37%降至14%。当然，中国的成长在美国和其他地方赢得了掌声，也激起了醋意。

身处美国，会让人感受到美国经济、教育、国防、文化等社会多维度基本面的坚实，中国距此尚有很长的路要走。目前，中国的经济总量依旧不到美国的一半，美国对华直接投资总量依旧是中国对美直接投资总量的12倍以上，中国很多农民还不知道何谓"上网"……

不过，在全球三大经济体中，目前有两个国家是用筷子吃饭的，故而在同一顿早餐里，用刀叉吃面包吐司的同时，再用筷子吃些纳豆、腐乳和稀饭有何不可？彼得森国际经济研究所资深研究员阿尔温德·苏布拉马尼安（Arvind Subramanian）的《黯然失色》（Eclipse）一书在美国学界引发热议，这本书的副标题叫"生活在中国经济主导地位的阴影下"。若说苏布拉马尼安有看法过于乐观之虞，也必须要清晰地认识到，全球目前四大经济体中，除美国之外，中、日、德三国都有着较为典型的"A型血"特征，"B型血"特征的美国人必须要学会与性格禀赋不同的中国如何更好地牵手。

诚如全球最大的债券基金管理者太平洋投资管理公司（PIMCO）老板穆罕默德·埃里安（Mohamed El-Erian）在《黯然失色》的新书发布会上所言，西方对中国的崛起肯定不会高兴，但必须要学会和中国打交道。